茉莉花官吏伝 十一

其の才、花と共に発くを争うことなかれ

石田リンネ

B's-LOG BUNKO
ビーズログ文庫

イラスト／Ｉｚｕｍｉ

目次

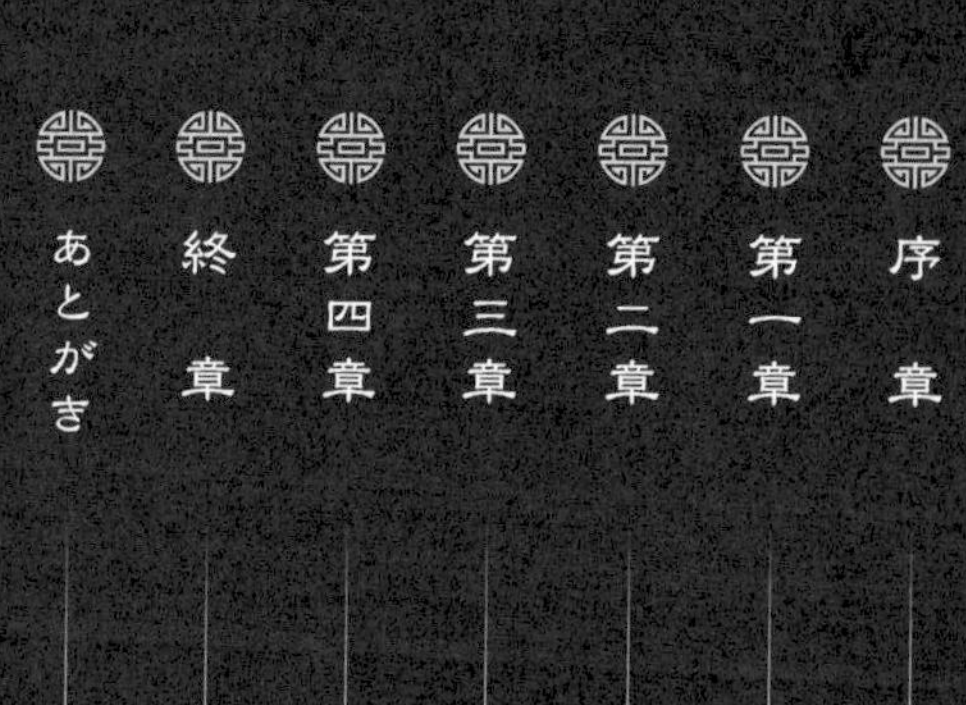

茉莉花官吏伝 十一

——其の才、花と共に発くを争うことなかれ

登場人物紹介

皓 茉莉花
「物覚えがいい」という特技を持つ。

珀陽
白楼国の若き有能な皇帝。

アシナリシュ・テュラ
通称アシナ。傭兵学校三年生でイルとは遠い親戚。

イル・オズト
茉莉花と同室になった傭兵学校の女生徒。

封大虎（ふうたいこ）

御史台に所属する
珀陽の異母弟。
本名は冬虎。

鉦春雪（しょうしゅんせつ）

茉莉花と同期の
新米文官。毒舌だが、
世話焼き体質。

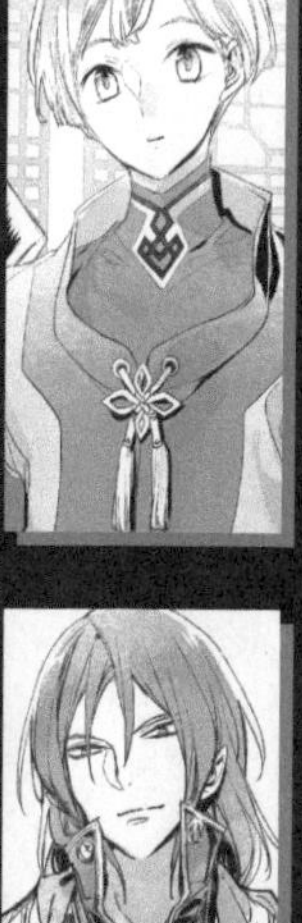

芳子星（ほうしせい）

珀陽の側近で文官。
科挙試験で主席となる
状元合格をした天才。

苑翔景（えんしょうけい）

御史台の文官。
真面目な堅物で
特殊な癖がある。

莉杏（りあん）

まだ十三歳の
赤奏国の幼き皇后。

暁月（あかつき）

赤奏国の皇帝。
珀陽に頭が上がらない。

舒海成（じょかいせい）

赤奏国の文官。
将来の宰相候補。

シヴァン

叉羅国の司祭、
アクヒット家の当主。

ラーナシュ

叉羅国の司祭、
ヴァルマ家の当主。

序章

かつて大陸の東側に、天庚国という大きな国があった。
あるとき、天庚国は大陸内の覇権争いという渦に呑みこまれ、四つに分裂する形で消滅した。

この四つに分裂した国のうち、北に位置するのが黒槐国、東に位置するのが采青国、西に位置するのが白楼国、南に位置するのが赤奏国である。

四カ国は、ときに争い、ときに同盟を結び、未だ落ち着くことはなかった。

白楼国には、晧茉莉花という名の若き女性文官がいる。

茉莉花は文官になってから一年も経たないうちに、その能力を皇帝『珀陽』から認められ、皇帝のみが身につけられる特別な紫色……――『禁色』と呼ばれる色を使った小物を授けられることになった。

禁色の小物をもつ官吏は、皇帝から出世を約束されたようなものだ。茉莉花は、いずれは国を支える文官になってほしいという皆からの期待に応えるためにも、より仕事に励み、白楼国の平和を守っていくつもりでいた。

しかしあるときから、その気持ちとは真逆の方向に事態が進んでしまう。

友好国である赤奏国の内乱を終結させた。

シル・キタン国の白楼国侵攻計画を見破り、シル・キタン国との戦争で大勝利することに貢献し、多額の賠償金を手に入れた。

叉羅国と同盟を結ぶことに成功し、好戦的なムラッカ国を牽制できるようになった。

茉莉花が関わったこれらの出来事を積み重ねていくと、白楼国にとって、他国に侵略戦争をしかける好機になっていたのだ。

——侵略戦争をするか、しないか。

国の未来のためにどちらを選ぶべきかを皆で考えている最中、大きな事件が起きた。

大逆罪に問われ、地下牢にいたはずの仁耀が脱獄したのだ。

仁耀は皇帝『珀陽』の叔父であり、禁軍の中央将軍でもあった人だけれど、珀陽を裏切って黒槐国に通じていた人でもある。脱獄したあとの行き先が、黒槐国になる可能性は充分にあった。

茉莉花は珀陽から『黒槐国に行って仁耀がいるかどうかを確かめる』という任務を与えられる。

そして同じころ、黒槐国では別の大事件が発生していた。

——皇帝が誘拐された。誘拐犯が誰なのか、手がかりがまったく摑めない。

黒槐国側は、皇帝誘拐事件の直後に琵琶の教えを受けにきた茉莉花たちを、念のために疑った。

茉莉花たちは、仁耀がいるかどうかを確かめるために、わざと不審な動きを見せ、黒槐国側の反応を観察した。

黒槐国側と白楼国側は、互いに疑い、互いに勘違いしていく。

話が必要以上に複雑なものになりかけたとき、茉莉花の前に仁耀が現れた。その仁耀からの警告によって、茉莉花は黒槐国で起きた皇帝誘拐事件を知ることになった。

同時に、『黒槐国に行って仁耀がいるかどうかを確かめる』という任務が終わった。あとはこの事実を報告するだけだ。

しかし、皇帝誘拐事件について疑われたままだと、帰国したくてもできないかもしれない。何事もなく帰国するために、皇帝誘拐事件の捜査を手伝うことにした。

そして、誘拐事件について調べていくと『皇帝誘拐事件』ではなく『皇帝逃亡事件』ではないかという疑問を抱くことになった。

茉莉花たちは、黒槐国の皇帝がどこへ逃げるのかという視点で捜査を進めていく。すると、すんなり手がかりを手に入れることができ、黒槐国の皇帝を無事に見つけることができたのだ。

白楼国は、『皇太子に殺されるという被害妄想を抱き、城から逃げ出した黒槐国の皇帝を保護した』という大きな恩を、黒槐国へ売りつけることになった。

この成果によって、侵略戦争をするよりも恩返しをしてもらった方が得をするという外交方針を立てるだろう。茉莉花はそのことにほっとした。

それから、皇帝誘拐事件の裏側で、茉莉花の気がかりが少しだけ解消された。

珀陽と仁耀を引き合わせることに成功し、二人きりで話せる時間をつくれたのだ。

改めて向かい合うことになった二人に、どのような気持ちの変化があったのかは、茉莉花にはわからない。本人たちもわかっていないかもしれない。それでも一歩前に進んだことだけはたしかだ。

あとは時が経つことで癒やされるのをそっと祈ろう……と思いながら、黒槐国の事件の後処理をしていたら、珀陽に呼び出される。

珀陽の用件は、黒槐国へ大きな恩を売ることに成功した茉莉花に、褒美を渡すというものであった。


茉莉花は、謁見の間で膝をついていた。顔を上げれば、玉座に座っている皇帝『珀陽』と眼が合うだろうけれど、できるだけそうしたくない。

珀陽とは短いながらも深いつきあいになっている。そのおかげで、珀陽が少し不機嫌であることを、表情や声から嫌でも察してしまったのだ。

「赤奏国の皇帝から素晴らしい贈りものを頂いてね」

皇帝の前では、皇帝から許可が与えられるまでくちを開いてはならない。

茉莉花はその教えをひたすら守り続ける。

「赤の皇后が、わらべうた集をつくったそうだ。子どもたちを守るための歌が国のあちこちにあって、それを残しておきたい……とのことらしいよ。本当に心優しい人だね」

珀陽はちらりと礼部尚書を見る。

礼部尚書は、わらべうた集を載せた献上台を恭しく掲げた。

「見てごらん、装丁も見事だ。赤の皇帝が私のためのものを用意してくれたんだろう」

皇帝から見ろと命じられたら、見なければならない。

茉莉花は顔を上げ、礼部尚書が掲げているわらべうた集に視線を向ける。角度が悪すぎて、立派な装丁なんてまったく見えなかったけれど、頷いておいた。

「使われている紙や、印刷されている文字も見事だ。よほど腕のいい職人がいるらしい」

中身を見ていないから、同意できない。しかし、空気が読める茉莉花は、再びゆっくり頷いた。

「三冊も贈ってくれたんだ。君は赤の皇后と親しくしていたし、君の手元に一冊あるのもいいだろう。きっと赤の皇后も喜ぶ。それに、黒槐国の一件でのご褒美も必要だ」

この立派なわらべうた集は、黒槐国の皇帝と皇太子へ大きすぎる恩を売ったことに対する茉莉花への褒美――……皇帝からの下賜品になるのだと宣言された。

茉莉花は丁寧に頭を下げる。

「ありがたく頂戴いたします」

礼の言葉は、許可がなくても言わなければならない。

硬い声になってしまったけれど、きっとこの場にいる皆は緊張しているせいだと解釈してくれるだろう。

「これからも励むように」

珀陽は満足そうに微笑み、茉莉花を励ます。しかし、眼は笑っていなかった。


「っ、怖かった……!!」

謁見の間から退出した茉莉花は、誰もいないところまで早歩きをし、そこでようやく息を吐き出す。そして大事な下賜品を胸に抱きながら、身体を震わせた。

久しぶりに珀陽から恐ろしくなるほどの威圧感を覚えてしまった。穏やかな表情や柔らかな声に騙されそうになるけれど、あの人の本性は冷たく苛烈な炎だ。

(きっと陛下は、自分がやりたかったことを、赤奏国にあっさり先を越されてしまったこ

とに苛立っていた。……わたしが思っていた以上に負けず嫌いな方だったのね）

珀陽は、私的な場面では年相応に自身の感情をもてあますことはあっても、皇帝としてはいつだって誰よりも遠くを見て、余裕もあるように見えていた。けれども、それはきっと、理想の皇帝でありたいという珀陽の努力によって保たれている姿なのだろう。

珀陽の願いを叶えるために、茉莉花も文官として精いっぱい支えていきたいと決意しているのだけれど……。

「……今回ばかりはあまりにも難しいわ」

文官になってからの茉莉花は、あちこちで活躍し、目立ち始めている。そんな中で黒槐国の事件に関わり、また皇帝から褒美をもらうことになってしまった。

官吏たちは、手柄を何度も立てている茉莉花に、なにか思うところがあるだろう。しかし、その褒美の品は、高価で貴重なものとはいえ、『異国の皇帝から贈られた子どものためのわらべうた集』というあまりにも幼いものであった。この話が広まれば、茉莉花に向けられている厳しい視線が減るはずだ。

「陛下の采配は本当にお見事だけれど……」

この優しさの裏側にあるのは、茉莉花への命令である。

――これと同じものを、少しでも早くつくれ。

珀陽の気持ちはわかる。わかるけれど、無理を言わないでほしい。

(このわらべうた集は、赤の皇后陛下につくられることで、別の意味が生まれている)

珀陽の言ったとおり、皇后の手でつくられたわらべうた集は、赤奏国の子どもを守るだろう。そして同時に、皇后がつくった書物ぐらいは女の子でも読めるようにしておかなければならないという意識を、民に植えつけるだろう。

——これからの赤奏国は、平民の女の子のための教育が、当たり前になっていく。

男は科挙試験のために、小さいころから読み書きを教えられ、四書の暗唱をさせられている。子どものうちに、書物を読むということができるようになる。

しかし、女に生まれると、生活に必要な範囲どころか、自分の名前も書けないまま大人になる人も多いのだ。

(女の子のための教育に力を入れていけば、国力の増加に繋がっていく。でも男の人は、自分のことではないから、そこまで考えてくれない。理解者が少ない状態で、女の子への教育という新しい制度を生み出すのは、あまりにも難しい)

きっと赤奏国は、わらべうた集をつくって終わりにはしないだろう。

女の子が楽しめるような物語が次々に生み出され、女の子も読み書きができるようにしていく。読み書きが当たり前にできるようになれば、その先を求める女の子が絶対に増えていく。

「……そう、皇后陛下がつくったという事実に意味があるのよ」

今の茉莉花が同じようなわらべうた集をつくっても、「へぇ、お疲(つか)れさま」で終わる。茉莉花自身の価値が上がらなければ、皆に手に取ってもらえないのだ。

「最低でもあと十年……いえ、二十年は……」

ほしい、と言いかけてくちを閉じる。

(それでは遅(おそ)い、と陛下は言いたいのよね)

手元にあるのは、素晴らしい装丁の一冊の書物。しかし、そこにこめられた期待が重すぎて、気分が沈(しず)んでいく。

(おまけに……わたしには近々、『絶対に失敗する任務』が与えられる)

難しい問題の答えをなんとかつくったら、次の難しい問題が仲間を連れてやってくる。

茉莉花は、難しい問題がくるとわかっているとき、わくわくして待てるような性格ではない。どうなるのだろうかという不安を抱(かか)えることしかできなかった。

第一章

　夜、下宿先に戻ってきた茉莉花は、寝台に座ったあと、わらべうた集をそっと手に取ってみた。赤奏国の最高峰の技術が注がれた美しい装丁に見惚れながら、おそるおそる開いてみる。

「わぁ……！」

　ただ楽譜が載っているだけではなかった。花の歌なら花の模様が、河の歌なら河の模様が歌詞と共に描かれていて、隅々までとても手がかけられている。

「赤奏国の女の子は、このわらべうた集で育つのね」

　いいなぁと、のんきで正直な気持ちがぽろりとこぼれたとき、とんとんと窓を叩かれた。

「っ⁉」

　驚きのあまり、手からわらべうた集が落ちそうになる。それを慌ててもち直し、そっと卓の上に置き、深呼吸をしてから窓を静かに開けた。

「こんばんは、茉莉花」

　受け入れてもらえることを信じて疑わない珀陽が、するりと部屋の中に入ってくる。茉莉花は慌てて窓から顔を出し、誰にも見られていないことを確認してから窓を閉めた。

「用事があるときは、わたしがそちらに伺いますおわかが……！」

「それだと『皇帝と文官』になってしまうよ。茉莉花に『仕事中です』と怒られるようなことはしたくない」

公私は分けてくれと頼んだ側の茉莉花は、なにも言えなくなる。

とりあえず茶でも出そうかとちらりと扉を見れば、いいからと手を引かれ、一緒に寝台へ座ることになった。

「あ、わらべうた集だ。読んだ？」

「ちょうど眺めていたところです。本当に素晴らしいですね」

「うん。十三歳でこれをつくったのはすごい」

珀陽は素直に赤奏国の幼い皇后を褒め称える。昼間、珀陽から苛立ちを感じていたのだけれど、それはどこかに消えてしまったようだ。

茉莉花が不思議に思っていると、珀陽が笑い出した。

「ここで仕事の話はしないよ。茉莉花とくだらない話ができる時間なんて貴重すぎる」

「……そうですね」

茉莉花と珀陽は、互いに立場があって、どうしても仕事を最優先しなければならないときの方が多い。そのことを互いに理解しているけれど、寂しいと思うときもある。

「きっと、私は話をしたいわけでもないんだ。一緒にいたいだけ」

珀陽がそっと手を握ってくる。

茉莉花は、恋人同士ではない二人が手を握るのはありなのかなしなのか、と混乱した。

（どうなのかしら……⁉　春雪くんの手を握ったことはあるような……⁉）

茉莉花は、珀陽に恋をしている。

珀陽もまた、茉莉花に恋をしてくれている。

しかし、それだけだ。二人は互いの気持ちを知っていても、恋人同士ではない。

（わたしたちの恋が叶う日は、いつくるのかさえもわからない）

これは甘さと切なさがいつだって共にある、淡雪のような恋だ。

だからこそ、こうして二人きりになれたら、一度だって眼をそらしたくないと思っているのだけれど……。

「茉莉花ちゃん、ちょっといい？」

部屋の扉が叩かれ、大家である女性から声をかけられる。

茉莉花は勢いよく立ち上がり、そして立ち上がると同時に甘い空気を投げ捨てた。

（陛下がいらっしゃるところを見られるわけには……‼）

隠れる場所を……と部屋の中を改めて見てみたけれど、茉莉花の部屋にはとにかく物がない。人を隠せるような大きなものは、どうしても見つからなかった。

「陛下！　顔だけは隠してください……！」

茉莉花は椅子にかけていた自分の外套を珀陽にかぶせる。顔が見えなければ、声を出さなければ、ごまかすこともできるだろう。

茉莉花は慌てて扉を開け、廊下にするりと出て、後ろ手に扉を閉めた。

「どうしましたか？」

「明日、朝早くに出かけるから、出ていくときに鍵をかけてくれる？」

「わかりました。気をつけてくださいね」

大家からの話はそれだけで、おやすみなさいと言われて終わる。

茉莉花はどきどきする胸を撫でながら、そっと息を吐いた。今のは、本当に寿命が縮む思いをした。

（次に備えて、陛下が隠れられるような箱とか……こう、……）

なにか対策を、と思いながら部屋の中に入ると、外套をかぶったままの珀陽が必死に笑いを堪えている。

「……お騒がせしました」

「ははは！」

珀陽はこの状況を心の底から面白がっていたようだ。小さな声だけれどついに笑い出し、外套を取ろうとした茉莉花の手を掴み、力を入れた。

「きゃっ……！」

かがんだ状態で手をひっぱられたら、そのまま前に身体が傾いてしまう。茉莉花は驚いている間に、珀陽と共に寝台へ寝転がっている状態になった。

「皇帝の私が、浮気中の男みたいなことをするなんてね」

笑いをどうにか噛み殺そうとしている珀陽は、茉莉花の手を摑んだままだ。

茉莉花としては、珀陽の手を振りほどいて起き上がり、すぐに身体を離したい。けれども、皇帝である珀陽にこんなことをさせたという申し訳なさと、大きな声で笑わせないようにしたいという気持ちもあり、強く出られなかった。

（でも、これはちょっと……！）

珀陽の身体と触れ合っている部分があまりにも多い。居心地が悪すぎて、どきどきしてしまう。

「やっぱり茉莉花といると楽しいな。予想外のことばかり起きる」

「それはわたしの言葉です……！」

すべては「文官になれ」という珀陽の予想外の一言から始まったのだ。

抗議の声を小さく上げると、珀陽は「一緒だ」と喜ぶ。

「今日はちょっといらいらしていたんだ。でもすっかり機嫌が直ったよ」

「……なら、よかったです」

珀陽は人前で『立派な皇帝』であろうとしている。いらいらすることがあっても、自分でどうにかするしかないのだ。

(今日、ここにきたのはもしかして……)

誰にも見せたくない気持ちを、自分にだけ吐き出そうとしてくれたのなら嬉しい。そうされる相手でありたいと、いつだって思っている。

「暁月が、自分の皇后はすごいって自慢してきて……いや、すごいんだけれどね。でも、私の茉莉花もすごいよ」

珀陽は子どもの張り合いを始めた。

茉莉花はこれにどう答えればいいのかと苦笑してしまう。

「そろそろ茉莉花に失敗する仕事を押しつけようとする者も出てくるから、どうやって庇おうかなと考えていたけれど、ちょうどいい」

「……はい？」

「誰もが失敗するような難しい仕事を用意しよう。白楼国内の仕事だと、暁月にその難しさが伝わらないから、暁月にもわかるような異国での仕事がいいな。うん、それで私の文官は最高なんだと暁月に自慢し返す」

珀陽は、子どものような張り合いをしていても、子どもではない。皇帝なのだ。

話が不穏な方に向かい始めていることを、茉莉花は早々に悟ってしまった。

(皇帝同士の張り合いというものは……規模が大きすぎて、こう……)

うっかりしていたけれど、この人の本性は冷たく苛烈な炎である。その炎は、味方にも容赦なく襲ってくる。

「――できるよね？」

問いかける形をとっているけれど、断れない威圧感があった。

(仕事の話はしないと言ったのは、どこの誰なんですか……⁉)

茉莉花は心の中で叫ぶ。心の中ぐらいは正論を言わせてほしい。

「全力を尽くします……」

そして、無理難題を笑顔で押しつけてくる珀陽に、模範解答を述べる。

けれども、ここで仕事の話をもち出すということをした珀陽にどうしても抗議したくて、重ねた手にほんの少しだけ爪を立てておいた。

数日後、茉莉花は皇帝の執務室に呼び出された。

「失礼します」

呼び出される心当たりならある。覚悟を決めて入ると、上司である礼部尚書の他に、吏部尚書と禁軍中央将軍の黎天豪、おまけに芳子星もいた。

子星は、かつての科挙試験で一番の成績を収めた天才で、珀陽から禁色を使った小物を与えられている文官だ。そして、茉莉花にとっては、科挙試験を受けるときに家庭教師になってくれた人だった。なぜ子星もここにいるのかは、きっとそのうちわかるだろう。

（随分と大がかりな話になったみたい）

集められた人たちの顔ぶれを見れば、皇帝からちょっとした用事を頼まれるだけでは終わりにならないことぐらい、嫌でもわかる。

これからいよいよ、子星と珀陽が言っていた『絶対に失敗する任務』の話だ。

「茉莉花に大事な話があってね」

まずくちを開いたのは珀陽だった。とても穏やかな表情で話しかけてくる。

「バシュルクという国を知っている？」

珀陽の問いに、茉莉花は「はい」と答えた。

大陸の中央部の山岳地帯にある小さな国『バシュルク』。太学での大陸史の授業で何度か出てきた。

「どこまで知っているのかな？」

茉莉花は珀陽の質問に答えるため、知っている知識を言葉にしていく。

「バシュルク国は、元はイダルテスという国の一地方でした。三百年前にイダルテス国から独立を宣言し、それからおよそ五十年後に独立を正式に認められています。この大陸では珍しく、選挙によって統治者が決まる国です。穀物を育てられるような土地が少ないため、食糧を他国から買っています」

バシュルク国は山脈と高原の国だけれど、鉱山は一つも所有していない。なにか別の方法で稼がなければならなかった。

「バシュルク国の近くに、イダルテス国と深い関わりをもつ大礼拝堂があります。バシュルク国は、大礼拝堂の警備をしていた経験を生かし、傭兵業でお金を稼ぐようになりました。現在、バシュルク国の傭兵部隊は、雇い主を絶対に裏切ることのない勇猛果敢な傭兵であることで知られています。首都トゥーリも、強固な要塞都市として有名です」

この場にいる皆が、茉莉花の説明にうんうんと頷いた。

「あれを渡してあげて」

珀陽が天豪をちらりと見れば、天豪は手にもっていた紙を茉莉花に渡す。表に大きくも ち出し禁止の意味を表す言葉が書いてあった。受け取るだけでも緊張してしまう。

「読んでみて」

「はい」

びっしり書かれた文字と、それから図。

おそらくこれは、バシュルク国の学校の図面と、それから都市の図だ。

他にも、人口や家の数、経済の状態や店の数や品揃えといった、細々したものも丁寧に記されていた。

「これは十年前のバシュルク国の情報だ」

「……十年前？」

十年前なら、かなり古い情報だと言ってもいい。茉莉花は間諜の仕事に詳しいわけではないけれど、おそらく白楼国の間諜はどの国にも潜んでいて、一年に一度ぐらいは本国へ情報を流しているはずである。

「勿論、バシュルク国の情報は、私たちも定期的に手に入れている。バシュルク国側が異国に渡してもいいと思っている、どうでもいい情報ならね」

珀陽の説明のおかげで、茉莉花は大体のことを把握した。

バシュルク国は傭兵業を主な産業としている。自然と各国の軍事機密へ触れることになるため、大事な情報は厳重に管理されていて、優秀な間諜でも手に入れられないのだろう。

「バシュルク国の首都は、異国人が入れる場所を限定している。一部のバシュルク人しか入れないのが『内側』、異国人でも入れるところは『外側』。異国人の出入りを外側に限定しているからといって、異国人に対して厳しいわけではない。寧ろ異国人に対してとても友好的だ。しかし、内側と呼ばれる部分の情報は、徹底的に管理されて出てこない」

茉莉花は、頭の中で白楼国の首都を思い浮かべる。異国人に大事な情報を手に入れさせないようにしたいのなら、どうしたらいいだろうか。

（機密情報が集まる場所とそれに関わる人の住居は、お店が並んでいる場所からできるだけ離しておく……とか）

頭の中で、家や店をどんどん入れ替えていく。入れ替えられた建物に合わせ、道を歩く人を動かした。自分もそこに入り、歩いてみる。

（ちょっと不便よね……）

自分の家と店の位置がかなり離れていたら、移動が面倒だろう。

しかしその代わり、見せてもいい情報と見せられない情報の区別がしやすくなった。

（……あ）

子星がこちらをじっと見て、そうですという顔をしている。

もしかして、考えていることが顔に出ていたのかもしれない。急に恥ずかしくなってしまった。

「内側に住めるのは、国に貢献した者だけらしい。それでも内部情報を流したと疑われたら、すぐ外側へ追い出される。……今、茉莉花に見てもらっているものは、十年前に白楼国が偶然手に入れた『内側』の情報だ」

茉莉花は、急いで手元の極秘文書を読みきる。

「毎年、いや、もう少し頻繁に、白楼国は内側への潜入を試みている。けれども、どれだけやっても内側には入れない」

「……一度も、ですか」

「そう。特別な訓練をした禁軍の兵士も、金を握らせたバシュルク人も、間諜の訓練を受けさせた文官も、すべてね。バシュルク国は、十年前に情報を抜(ぬ)かれてから、間諜への警戒(けいかい)をさらに強めた」

　珀陽は、天豪と吏部尚書の顔を見る。

　天豪と吏部尚書は、こればかりはお手上げだと言いたそうに苦笑していた。

「ということで、茉莉花にも一度挑戦(ちょうせん)してもらおうと思って」

　茉莉花は、間諜になるための訓練を受けたことがない。

　そして、武官(ぶかん)のように危険を察することも、人の眼に映らないように行動することも、絶対にできない自信がある。

（……なにから手をつけたらいいのかもわからない）

　間諜として、しなければならないこと。しては駄目(だめ)なこと。気をつけること。

　知識をつめこんでおいても、とっさにその場で実行できるわけではない。だからこそ、適性のある者だけが間諜に選ばれているのだ。

（わたしは文官になったあと、間諜に……という話をされたことはなかった。……つまり、適性がないと既(すで)に判断されている）

　適性のある者でも失敗している仕事を、適性のない者に成功させられるわけがない。そんな奇跡は、物語の中にしか存在しないのだ。

　きっとこの仕事は、子星が用意したかった「絶対に失敗する仕事」より、難易度がとんでもなく上がっているだろう。

「失敗しても茉莉花のいい経験になるはずだ。気楽にやってほしい。一応ね、なにかあったときに言い訳ができるよう『長期休暇中』という形にしておこう。あくまでも君は休暇中に、個人的にバシュルク国へ行くんだ。……礼部尚書、皓茉莉花は禁軍で研修を受けたあと、長めの休暇を取ることになったから、そのように」

「承知しました。あとは吏部尚書に手続きをお任せします」

　ここにいるのは、茉莉花に禁軍の研修を受けてもらうため、そして休暇を正式に取らせるために必要な上役たちなのだろう。

「では、必要な書類を禁軍に提出しておきますので、あとは中央将軍にお任せします」

「承知しました」

　珀陽から礼部尚書、礼部尚書から吏部尚書、吏部尚書から禁軍中央将軍へと話が回されていく。このあと、天豪から詳しい説明を受けることになるのだろうと思ったけれど、天豪がにかっと笑ってさらに話を回した。

「では、細かい説明は芳子星に頼もう。書類はこちらで揃えておく。出立の準備ができたら、声をかけてくれ。今風の設定になるのを期待している」

「承知しました」

　潜入任務の話は、最終的に子星のところで止まった。

　茉莉花が驚いていると、礼部尚書たちはこの部屋から出ていく。

「えっと……」

　茉莉花は珀陽の顔を見る。しかしその珀陽もまた、自分の仕事は終わったという爽やかな微笑みを浮かべていた。

「がんばってね」

　あとは子星に任せた、と言っていることだけは、茉莉花にもしっかり伝わる。

「それでは行きましょうか」

　子星に促され、まずは場所を変えることになった。


　子星に連れて行かれたのは、大事な話をするときに使われるという部屋で、入り口には見張りの兵士がいた。

　子星は部屋に入ると、扉に鍵をかける。

「あのバシュルク国の話なので、立ち話やちょっと城下に出てのんびりお茶を飲みながら……というわけにもいかないんですよねぇ」

子星が茶菓子もなくて申し訳ないと言い出す。

「いえっ、ここで大丈夫です！」

寧ろ自分が茶を入れにいくべきではないだろうかとちらりと扉を見たら、気を遣わなくていいですよと子星が笑った。

「前に話していた通り、絶対に失敗する任務が決まりました」

「……はい」

「これは、避けることができないものです。なら、早々に片付けて、圧倒的な差を見せつけて、皆に認められながら気持ちよく出世していった方がいいですよね」

官吏の世界は、みんなで仲よくしながら国をよくしていきましょうにはならない。

ほとんどの官吏は、自分の出世を最優先にしている。出世の邪魔になるかもしれない小娘を今のうちに潰しておきたいと思う人たちが集まったら、今の茉莉花はどうやっても抵抗できない。

（それでも、わたしが抵抗できるように、陛下や子星さんたちが手を回してくれた）

何度もできることではないはずだ。この配慮を無駄にしたくはなかった。

「茉莉花さんにどんな仕事が与えられるのかなと見守っていたんですけれど……」

子星は楽しそうにしている。どうやら裏で色々あったようだ。

「皆さん、あれこれ必死に考えていました。運河を襲う盗賊の問題を解決させるとか、貧しい土地の改良に挑ませるとか、国内の面倒ごとをどうにかして茉莉花さんに押しつけ、たくさん苦労させてやりたいと願っていましたね」

最初は珀陽もそのうちの一つを茉莉花に任せるつもりでいたのだろう。そして、みんなから「ああ、あの仕事なら誰だって成功しないよな。可哀想に」と言われるはずだった。

「陛下はなにを思ったのか、いえ、どういう思考でその結論を出したのかは、嫌でもわかるんですが、それはともかく、陛下が一度は握りつぶしていた絶対に失敗する仕事を、今の茉莉花さんにならやらせてもいいのではと急に言い出したんです」

珀陽が一度は握りつぶしていた仕事。

そんなものがあったのかと茉莉花は驚いてしまった。

「……初めて聞きました」

茉莉花の呟きに、子星は苦笑しつつ頷く。

「毎年、適性がありそうな若手の武官や文官に、バシュルク国の潜入調査をさせているんですよ。数月、しっかり訓練をさせてから送り出しています」

茉莉花は、同期の新人文官の顔を思い浮かべる。しかし、いつの間にか姿を消したという人はいなかったはずだ。

「文官に潜入調査を任せることは、ほとんどありません。太学で勉強をしていると、自然と世間知らずになりますからね。普通の人のふりをするのが難しいんです。茉莉花さんはどうだろうかという話が浮上したのは、女性文官で試したことはなかったというそれだけの理由です。あのときは、中央将軍が『嘘をつくのは苦手そうだ』と言い出したので、茉莉花さんの潜入話がなくなりました」

かつて天豪は、堂々と嘘をつく茉莉花を傍で見ていた。つまり、そのときは珀陽にそう言えと頼まれていたのだろう。

「わたしはこれから特別な訓練を受けるのですか?」

「いいえ。茉莉花さんの物の見方と分析の仕方はちょっと特殊なので、間諜用の特別訓練は必要ありません。あの訓練は、貴女のよさを殺してしまいます。茉莉花さんは見てきたことを報告するだけでいいんですよ。私にもできたことなので、大丈夫です」

子星のくちから、突然とんでもない事実が出てくる。

「バシュルク国に行ったことがあるんですか!?」

「私はバシュルク国ではなく、別の国に行きました。平民出身だったので、潜入調査に適性があると判断されたんです。運よくなのか運悪くなのか、潜入先の上の人に気に入られて宰相職をやると言われてしまい、その日の夜に急いで逃げ帰りました」

子星がどの国に行ったのか、怖くて聞けない。

茉莉花も似たようなことを言われたことがあったけれど、子星の場合は「冗談でした」にならないだろう。

（一体、なにをしたらそこまで信頼されるのか……）

底知れない人だ。なのに、いつだって普通の人という顔をしている。

「私の潜入先が、バシュルク国の傭兵を雇っていたんです。そのときに少しだけ内側の情報を手に入れることができました。白楼国がバシュルク国の情報を手に入れた、という話が広まったあと、バシュルク国は自国に間諜が入りこんだと思ったみたいですが、それは違うんですよ。それから情報の管理をより厳しくしたようです」

バシュルク国の内側の情報を手に入れたのは、十年前に一度だけ。

それに関わっていたのが、別の国に潜入していた子星だった。

（つまり、貴重な内側の情報は、『ついで』でもち帰ったもので……）

そして、その情報は未だに更新されず、貴重なものとして扱われている。

（これが『ついで』って……、すごい……！）

子星は、ただの状元合格者ではないことを、早々に皆の意識へ植えつけた。そしてそれからも、どんな仕事でもすべて成功させてきたのだ。

「では、私が知っているバシュルク国の話を簡単にしますね。バシュルク国の首都には、傭兵学校があります。傭兵に必要な技能や知識を学ぶための学校で、税金で運営されています」

白楼国には、文官になるための太学はあっても、武官になるための学校はない。バシュルク国では、新入り武官が最初に受ける訓練を学校で行っているようだ。

「傭兵学校は四年制ですが、試験に合格したらすぐ上の学年に編入できます。異国人の受け入れもしていて、二年生終了時点で傭兵部隊の入隊試験を受けることも可能です。五年間傭兵として働けば、バシュルク国の民にもなれますよ」

珀陽は先ほど、バシュルク国は異国人に好意的と言っていた。その言葉通り、異国人に戸籍を与えるという制度が存在している。それでも、白楼国の間諜たちは潜入に失敗し続けているのだ。

「傭兵としての訓練をするための学校なら、入学試験はそう難しくないはずですよね？」

「ええ、そうです。バシュルク国の民のほとんどが、十代前半で入学しているようでした。一年生は、読み書きをできるようにする授業や、野営をするための基本的な技能を身につけるための授業ばかりらしいので、おそらく名前さえ書けたら入学できますね」

それなら茉莉花も入学試験で追い払われるということはない。問題はきっとそのあとだ。

「入学試験に合格できても、二年生になるための試験がとても難しいのですか？」

「いえ、異国人のための入学試験は別に用意されていて、全問正解しても不合格になるんですよ」

バシュルク国は、ただ点数だけを見ているわけではない。だとしたら……。

「……言動とか、雰囲気とかも見られているんですね」

「おそらくは。異国人というだけで徹底した身元調査をされますし、あとはバシュルク式の考え方になじめるかどうかもあるでしょう」

「バシュルク式というのは？」

先ほど読ませてもらった機密文書に、そんな話は書かれていなかった。

茉莉花が首をかしげれば、子星はう～んとうなる。

「どう表現したらいいのか……徹底した能力主義……？　バシュルク人と話をしたことがあるんですけれど、ぎすぎすしたところがなんとなく苦手でした」

穏やかな子星に『なんとなく苦手』と言わせてしまうバシュルク式の考え方とは、どんなものなのだろうか。

「どこまで正確な情報かはわかりませんが、四年生になると内側での研修があるようです。……となれば、内側への潜入方法はただ一つ。傭兵学校の生徒になり、四年生になることですね」

まずは、入学試験に合格しなければならない。しかし、その『まずは』が難問だ。

茉莉花は、知識や情報という点を白い紙に置き、それらを繋ぐことで答えを出している。つまり、答えを出すための材料が揃っていなければ、どうすることもできないのだ。なにもないところから答えを生み出せるような発想力は、普通かそれ以下しかもっていない。

バシュルク国についての知識や情報という点が、現時点ではあまりにも少なすぎる。茉莉花の得意とする方法では答えがつくれないはずだ。

——はっきり言って、この仕事は自分に向いていない。

(どうしたらいいのかしら……)

子星は茉莉花の迷いを察したのだろう。先生という顔になって穏やかに微笑んだ。

「茉莉花さん、自分の限界の超え方はわかりますか?」

茉莉花は、子星から出された問題について少し考える。

「努力を続けること……です」

少し前までの茉莉花は、自分の能力をもてあましていた。子星の指導によって、ようやく街を観察するようになったところだ。もっと早くから努力を積み重ねておけば……と悔やんでいる。

「素晴らしい答えですね。努力は大切です。でも茉莉花さんはいつだって努力をしている人ですから、それ以外の方法で限界を超えていきましょう。まずは『やる気』というものが大事です。茉莉花さんは文官の仕事が好きですか」

「……好き、だと思います。仕事をするだけなら自分に向いていると思います」

文官の仕事は、言われた通りにしたらいいというものではない。他人を傷つけたり、押しのけたりすることだってある。苦さが残る嫌な仕事もしなければならない。そこだけは、これからも好きになれないだろう。

「では、もっと好きになりましょう。夢中になれば、努力以上のことが簡単にできます」

茉莉花は、ふと珀陽の言葉を思い出した。

珀陽は茉莉花に「この国を好きになって」と言ったことがある。あのときに比べたら、この国をもっと好きになっているはずだ。けれども、まだ足りないらしい。

「概念の話はここまでにします。ここからは具体的にどうしたらいいのかを考えていきましょう。手っ取り早く『好敵手』の存在に助けてもらうのもありですよ」

茉莉花は、好敵手と呼べそうな人を何人か思い浮かべた。

まずは科挙試験で状元合格を争った同期の逍蘇芳。

どちらが早く尚書になるかを競おうと言ってくれた赤奏国の文官の舒海成。

好敵手だと宣言してきた御史台の苑翔景。

彼らの存在は、茉莉花にとって、とてもいい刺激になっている。

「茉莉花さん、好敵手というのはですね、この人には負けたくないと思える相手のことです。一緒に仕事をすると楽だなと思える相手のことではありません」

子星は茉莉花の表情を読み取り、彼らは好敵手ではないと訂正を入れてきた。

茉莉花は素直に反省し、負けたくないと張り合った経験を改めて考えてみる。

(これまでに張り合ったことなんて……そもそも競い合うということが苦手だから……。

ううん、違う。競い合うのが苦手なのではなくて、その先が苦手なんだわ)

競い合った結果、自分が負けてしまったなら、努力しようで終わる話だ。

しかし、自分が勝ってしまった場合、相手が努力しようですませてくれなかったら、互いにとても気まずい。

(結局わたしは、自分が可愛いだけなのかもしれない)

ただ競い合うだけなら楽しいだろう。自分にできないやり方で解決しているところを見れば、自分もやってみたいと思える。

子星や翔景のように、競い合った結果がなんであろうと「努力しよう」ですませてくれる人ばかりならよかったのに……と、叶わない願いを抱いてしまった。

「……子星さんに負けたくない人はいるんですか?」

「いますよ」

「えっ⁉」

子星と同等の力をもつ人が、どこかにいる。

茉莉花は候補者すら上げられなくて、誰なのかを必死に考えた。それでもなかなか思いつけなくて、視野を広くしろと自分に言い聞かせる。

(なんでもできてしまう陛下とか。……いえ、文官に限らなくてもいいはず。武官の天河さんとか、……あ、詩歌仲間⁉)

あれこれ考えていると、子星が笑う。そして、手のひらを自分の胸に当てた。

「私の好敵手はここにいます」

　ここ、というのは子星自身のことだ。

　子星は静かに眼を伏せた。

「近くでいつも切磋琢磨し合える都合のいい好敵手なんて、存在しません。ではどうしたらいいのか」

　負けたくないという気持ちを、常に生み出す方法。

　子星は、その答えを簡単につくってしまう。

「『昨日の自分』が『今日の自分』の好敵手です。昨日の答えを超える今日の答えを、いつだって考え続けましょう」

　競い合って負けたとしても、なにも言わない都合のいい好敵手。

　それは自分の中にずっといて、どんなときも張り合ってくれる。

（今のわたしに必要なのは、限界のその先へ行くこと……）

　──自分と競い合うことならできるかもしれない。

　ほんの少し視界が開けた気がした茉莉花は、眼を輝かせる。

　子星はそれでいいと満足そうに頷いた。

「それでは、茉莉花さんの設定をつくりましょうか」

「設定ですか？」

「白楼国出身の優秀な女性といえば、今はもう『晧茉莉花』が真っ先に出てくるはずです。他の国の出身ということにして、現地の人に協力を頼み、そこの記録を書き換えておく必要があります」

随分と大がかりな準備をするんだなと思ったあと、茉莉花の背筋がひやりとする。

今まで潜入調査を任されてきた人たちは、事前準備をこれだけしっかりしても、失敗という結果に終わったのだ。

「あの、異国の記録の書き換えというのは、頼めばしてくれるものなんですか？」

「そのための『友好国』ですからね。茉莉花さんには恩を売りつけてきた国がたくさんありますし、そこから好きに選んでいいですよ」

なるほど、と茉莉花は頷いた。

赤い髪の皇帝陛下か、それとも善意の塊の司祭か、どちらがいいだろうか。

茉莉花は子星に助言をもらいながら細かい設定をつくった。子星はそれを正式な文書にして提出するという面倒なことを引き受けてくれた。

「明日は簡単なバシュルク語を覚えましょう。それではまた」

茉莉花は、いつも色々なことをさらりと教えてくれる子星に何度も頭を下げる。いいんですよと笑ってくれるけれど、甘えてばかりではいられない。

(まずは子星さんの期待に応えるところから)

子星は、茉莉花ならできると信じてくれた。ならば、この仕事は自分に向いていないという言い訳をせず、できる限りのことをするべきだ。

「バシュルク国の知識を少しでも増やしておきたいな……」

早速、つくった設定に説得力をもたせてくれそうな書物を探してみよう。

資料庫によって目当ての資料を探し、見つけたものを抱えながら暗くなった廊下を歩く。角を曲がった途端、背後から袖を引かれた。

「っ」

嫌がらせの可能性を考えながら、資料をもつ手に力を入れつつ振り返る。すると、楽しそうな表情でこちらを見ている珀陽がいた。

「陛下……！」

声をかけてくれたらいいのに、珀陽はわざわざ足音を殺して驚かせにきた。

子どもっぽいいたずらをされると、どちらが年上なのかわからなくなってしまう。

「ちょっと場所を変えようか。こんな場所で話に夢中になると、好奇心に負けてしまった者がいても気づけない」

「話があるのなら呼び出してください……！　わたしが執務室まで伺いますから」

「これは息抜きもかねての『話がある』なんだよ」

茉莉花は、わがままをさらりと言い放った珀陽のあとをついていく。珀陽は、建物と建物の間にある小道とも呼べない場所で足を止めた。

（月長城にも、設計者の命を危うくするような失敗部分があるのね）

この隙間は、計算されたものではなく、うっかり生まれた隙間だろう。小柄な人物だけが通ろうという気になれる場所である。ここなら、誰かが入ってきてもすぐにわかるので密談には最適だろうけれど、居心地はよくない。

「茉莉花に大事な話があるんだ」

「はい」

「まず、男にちょっときてと言われても、部屋に入れてと言われても、こんな簡単にその通りにしてはいけないよ」

すごく真面目な顔で、珀陽は当たり前のことを言い出した。

茉莉花は、少し間を置いてから、静かにくちを開く。

「わたしは、陛下だからなにも言わずについていって、陛下だから部屋に招いているのですが……」

普段は様々なことに気をつけている。女性の先輩たちからも、男から妙な呼び出しをされたときは、皆の前でどこに行って誰と話すかを宣言しなさいと指導されていた。

「そうなんだ、私だからだったのか。気をつけているのならいいんだ」

珀陽は茉莉花の返事を聞いて、満足そうに笑う。

茉莉花は、貴方もときどき危険人物ですよと心の中でため息をついた。

「バシュルク国の話なんだけれど、実はあの場で話せない秘密があって」

あの場というのは、執務室に呼び出されたときのことだ。

吏部尚書に礼部尚書、禁軍中央将軍というとても偉い人たちにも秘密にしなければならない話とは、一体なんだろうか。

緊張する茉莉花に、珀陽は明るい声で話し始めた。

「今、バシュルク国の傭兵の価値がとても高くなっている。彼らは雇い主を絶対に裏切らないし、とても強い。最近は負け知らずと言ってもいいぐらいだ。価値が上がったことで依頼料や報酬の値段も跳ね上がり、バシュルク国は傭兵部隊の育成により力を入れるようになっている」

大陸の東側に住んでいる茉莉花は、バシュルク国のことを知ってはいても、遥か遠い国という認識しかない。

しかし珀陽にとっては、最近力をつけている国で、警戒すべき対象なのだろう。

「バシュルク国はなにかに似ていない？」

「傭兵業で稼いでいる国は、白楼国の近くにはないはずですが……」

「国ではなくて、人間だよ。茉莉花に似ている気がしたんだ」

「……わたしにですか？」

国に似ているというのは、見た目の話ではなく、中身の話だ。

「『最近、目立っている』という意味で似ているのですか？」

「正解。正確には『あまりの有能さから悪目立ちしている』というところがそっくりなんだけれどね」

つまり、と珀陽は声を低くする。

「茉莉花の足をひっぱりたくて悪巧みをしている同僚がいる。バシュルク国の足をひっぱりたくて悪巧みをしている国がいる。そういうことだよ」

どうやら、バシュルク国も『順調に力をつけている』だけではないらしい。なんとなく仲間意識をもってしまった。

「バシュルク国は、傭兵業をしているけれど、依頼を引き受けるかどうかの判断が厳しい。報酬を渋るところ、自分の国を狙うところ、勝てるかどうかわからない厳しい戦いを押しつけてくるところは、依頼主が信用できないという理由であっさり断ってしまうんだ」

「傭兵業といっても、なんでも引き受けるわけではないのですね」

「そう。でも以前はここまで仕事を選んでいなかった。でも今は、選んでも許されるぐらいの需要がある。みんな、バシュルク国の力を借りたい。でもバシュルク国は交流のない国の依頼にはとても慎重だし、交流があっても容赦なく断る」

バシュルク国には、きっといい指導者がいる。民にとって住みやすい国だろう。

「今、勢いがある国といえば、東は白楼国で、中央はバシュルク国だ。そこに眼をつけた国々が、とても遠回しにある話をもちかけてきてね。改めて確認すると『そんなことは言っていない』というぐらいの、本当に遠回しな言い方だよ」

珀陽はなにを頼まれたのだろうか。茉莉花が瞬きをすると、珀陽はゆっくりくちを開く。

「バシュルク国に痛い目を見せてくれる国はないだろうか、だって」

珀陽の言い方だと、調子にのった人物をちょっと叱ってやってほしいと遠回しに頼まれた、というぐらいの気軽さがある。

しかし、これは国と国の話だ。この場合の『叱る』は、戦争という方法である。

「……引き受けたのですか？」

「まさか。どこかにそんな国があるかもしれないね、という返事をしただけ」

相手も相手だけれど、珀陽も珀陽だ。

曖昧な言い方をして、あとで都合よく改変することができるようにしている。

「白楼国はバシュルク国と戦ったことがない。遠いからね。戦争をする意味が、叉羅国よりもっとない」

それに、と珀陽は眼を細める。

「おそらくバシュルク国は、白楼国が参加する戦争に関わらない。勝てるかどうか、自信がないだろうから」

こちらがバシュルク国のことを知らないように、バシュルク国も白楼国のことを知らない。バシュルク国は、白楼国が関わることに対して慎重な判断をするはずだ。

「痛い目を見せてほしいと言われても、バシュルク国が出てきてくれないから、勝つ勝たないの前に戦うことができないんだよ。残念だね」

「……残念なんですか？」

「戦争をいくつもするより、一つの戦争で恩をあちこちに売って、他の戦争を回避する方がいい。単純な話だ」

どうやら、バシュルク国に対して思うところがある国は、白楼国を含めてあちこちにあるようだ。本当に——……今の自分によく似ている。

「バシュルク国に痛い目を見せたいのなら、バシュルク国の傭兵を白楼国の前に引きずり出さなければならない。そのためには、まずバシュルク国に、白楼国に勝てそうだと思わせなければならない。でもそれは不可能に近い」

国と国の駆け引きというものは、とても難しい。そして、珀陽の求める『勝てそうだと思わせておいて、でもこちらが勝つ』になると、難しいだけではなく、運という要素も入ってくる。舐められないようにすることの方が、よほど簡単だ。

「茉莉花が黒槐国にしたように、売れる恩はいくらでも売っておきたいんだ。けれども、バシュルク国はこちらに関わってくれない。……向こうがきてくれないなら、こちらから行くというのも一つの答えだよ。それも似たようなやり方でね」

「ええっと……」

この流れだと、白楼国も『傭兵部隊』をつくり、バシュルク国に思うところがある国へ派遣するということになってしまう。

「傭兵部隊の派遣をやりたい気持ちはあるけれど、得より損の方が大きい。でも折角の好機だ。バシュルク国の弱みを見つけ、その情報を売るという形で恩を売ろう」

バシュルク国と戦争をするしないの話になっていたけれど、話が一周して、そもそものところに戻ってきた。

そもそもというのは、バシュルク国の情報を得てこいという絶対に成功しない任務のことである。

「私たちは、バシュルク国の情報が必要だ。それは人々の暮らしがどうのこうのという情報ではない。どう攻めこんだら勝てるかを知りたいんだ。その手がかりは、おそらく内側にあるだろう」

諜報任務だと言われると、やるべきことがあまりにも幅広い。しかし、珀陽の言葉のおかげで、なにをしたらいいのかはっきりしてきた。

要塞都市と呼ばれる首都の弱点、それを探せばいいのだ。

「陛下、バシュルク国の首都は強固な要塞都市です。攻めこむ側は大きな犠牲をどうしても払わなければなりません。その場合、勝利しても損をするだけです。そのことはもう有名な話のはずですが……」

「そう、それ。バシュルク国の首都の主要部は、すべて内側にある。いざというときは外側を捨て、内側を守るような構造になっている。外側を苦労して攻め落としても、内側が無傷なら、それはバシュルク国の思惑通りだ。強固な要塞都市であることをわざわざ証明してやることになってしまう」

ふっと珀陽が笑う。それも随分と意地が悪そうに。

「だから『痛い目を見せる』なのさ。損をしない程度に『内側』を痛めつけ、傭兵部隊の価値を下げ、依頼料や報酬をちょっと下げたいっていう姑息な目的があるんだよ。……誰が依頼主かわかってくれたかな？　うん、そう、白楼国はあくまでも情報を売るだけ」

珀陽が隣国の皇帝からなんと呼ばれていたのかを、ふと思い出す。

――悪徳高利貸し。

納得しかできない悪口である。

「どこの国もね、バシュルク国の情報を手にして、他の国に売るか、それを使って内側に攻めこみたい。だから茉莉花はどこの国よりも早く内側に入り、要塞都市の落とし方を見つけてくるんだ」

最初に内側の情報を奪った国が、外交という戦場で優位に立てる。

戦争をするかしないか、そういう大きな選択を先にすることができるのだ。

「……がんばります」

「うん、期待している」

珀陽が本当に期待するから、茉莉花は困ってしまう。けれども、その期待に応えたいという自分もいる。この想いはきっと、自分の限界を超えるための力になるだろう。

「子星から色々教えてもらうといいよ。経験者だから」

「はい。先ほど、子星さんからその話を少し聞いたのですが、驚きました。宰相にしてやると言われたなんて……」

どんなことをしたら、異国の統治者にそんなことを言わせることができるのだろうか。

やり方を教えてもらっても、自分にはできそうにない。

「子星はちょっとこう、信仰に近い尊敬を集めるのが上手いよね」

茉莉花は珀陽の言葉に、たしかにと納得してしまった。

子星のことを学問の神さまかなにかだと思っていそうな人が、身近にいる。

「茉莉花もやり方さえ知っていたら、言葉が悪いけれど『信仰もどき』というものを、ある程度は集められるはずだ」

「……意図的にできるものなんですか？」

「私でもときどき『信仰もどき』を得ようとしている。ちょっと尊敬されるぐらいの効果しかないけれどね。出会ったばかりの茉莉花に、試そうかなと思ったこともあるよ」

珀陽は当時のことを思い出したのか、小さく笑った。

「あのときの私は、なんとかして茉莉花を文官にさせたかった。でも、茉莉花の心を攻略したいのなら、信仰もどきのやり方に頼るよりも、地道に時間をかけて少しずつ点数を稼いでいく方が早い。この信仰もどきにひっかかりやすいのは、今の自分に満足できていない人だからね」

珀陽は、信仰もどきの集め方を説明してくれる。

その一、狭いところで孤立させる。

その二、共通点をつくる。

その三、自分について改めて考えさせる。

その四、新しいことをやらせ、認める。

その五、新しい自分になったのだと勘違いさせる。

この五つの段階を順番に行っていけば、今までのしがらみから解放された気持ちにさせ、新しい自分になったのだという雰囲気に酔わせることができ、ここにいればもっと成長できると思わせることに成功するらしい。

「茉莉花もやってみるといい。潜入先で自分の手足になる人をつくると楽だよ」

「……考えておきます」

珀陽はにこにこ笑っているけれど、茉莉花は笑えなかった。

（陛下はやってみるといいと簡単に言うけれど……）

珀陽には、上に立つ者としての風格がある。

そういうものがなければ、信仰もどきを集められたとしても、維持できないのだ。折角得た協力者がなにかのきっかけであっさり我に返ってしまったら、大変どころではない。

「雪深くならないうちにバシュルク国へ行くといい。……仕事だからしかたないけれど、また茉莉花が遠くへ行ってしまうね。やっぱり寂しいな」

珀陽は、茉莉花に「期待している」だとか「やってみるといい」と言ったくちで、今度は寂しいと言い出した。

──そういうのはずるい。慰（なぐさ）めたくなってしまう。

「いつの日かのために、寂しさを堪（こら）えなければならないときもありますよ」

茉莉花はこれから一人で遠くの地に行き、心休まらない日々を送る。珀陽の傍にいないことを寂しいと思える暇（ひま）はないだろう。

けれどもきっと、ときどきは東の空を見上げるはずだ。

「わたしは新年をバシュルク国で迎えると思います。舞い落ちる雪を見ながら、わたしは珀陽さまを想うでしょう。だから、珀陽さまも、新年の日に空を見て、どうかわたしを想ってください」

自分たちは恋をしている。そして、恋以上にならないようにしている。

こうやって別々の場所から静かに想い合うことしかできないけれど、やるべきことがたくさんある今は、これだけでも充分だ。

「……新年の日に、ここにも雪が降るといいな」

せめて同じ日に同じものを見たいと願ってくれる珀陽に、茉莉花は嬉しくなった。

いつだってささやかな約束しかできない。しかし、それは喜びに満ちている。

「茉莉花は大人なのに、私はわがままばかりの子どもだね。茉莉花がいない間に、もう少し大人になっておくよ」

珀陽の言葉に、茉莉花は首を横に振った。

――それは違う、逆だ。

「わたしは、自分から甘えることができません。甘えられて応えるという形で、ようやく甘えることができるのです。……幸せのきっかけをつくってくださるのは、いつも珀陽さまの方ですよ。わたしは貴方の優しさに救われているんです」

この恋はあまりにも儚い。舞い落ちる雪に似ている。

自分から手を繋ぎにいかなければ、恋心があっさり溶けてしまうとわかっているのに、なかなか動くことができない。

(離れている間に大人にならないといけないのは、きっとわたしの方)

差し出される手を摑み取る勇気だけではなく、自分から伸ばしていく勇気がほしい。

もう少しだけ待っていてほしい。できる努力は、いくらでもするから。

そんな茉莉花の気持ちを、珀陽は優しく受け止める。違うと言うことなく微笑んだ。

「……バシュルク国は寒いし、味方もほとんどいない。身体にも周りにも気をつけて」

「はい」

「禁色の歩揺はもっていくように。もしも捕まったら、それを使って『白楼国の将来有望な官吏で人質としての価値がある』と主張するんだ。ある程度の安全が得られるかもしれない。路銀が足りなくなったら売ってもいい。あれはまたつくれるものだから」

「わかりました」

禁色の歩揺に咲く紫水晶の茉莉花は、向こう側が透けて見えるほどの繊細なつくりで、とても美しい。いつまでも眺めていられる。

自分の能力を認められ、そして期待されているという証でもある歩揺を、茉莉花は置いていくつもりだった。しかし、そう言われてしまったらもっていくしかない。

「陛下も無理をなさらないでくださいね」

国のためならば、いざというときに未来ある文官も切り捨てられる人だ。

でも心ない人ではない。そんなことになれば、自分を責めるし、傷つく。

(わたしは理解している。覚悟もしている。……大丈夫です)

『無理をなさらないで』という言葉にこめた想いは、きっと珀陽に伝わるはずだ。

自分のために、そして珀陽のためにも、無事帰れるように全力を尽くそう。


出発の日、茉莉花(まつりか)は少ない荷物と共に下宿先を出た。

すると、門のところに同期の友人である鉦春雪(しょうしゅんせつ)がいて、じろりとこちらを見てくる。

「これ、もっていけば」

「えっ?」

渡されたのは小さな革袋(かわぶくろ)。重さはさほどではない。指でつまめそうな大きさのものがつまっている。

「休暇中に寒いところへ行くって陛下から聞いたんだよ。ときどきは甘いものでも食べて、気分転換(てんかん)でもしたら?」

じゃあねと春雪は歩き出してしまう。

茉莉花は慌てて叫んだ。

「春雪くん！　ありがとう！　気をつけて行ってくるわね」

彼なりの気をつけてという気持ちを受け取った茉莉花は、革袋のくちを縛っている紐を少し緩め、中身を確認してみた。入っているのは胡桃だ。ほんのり甘い香りがする。

（胡桃の蜜がけかな？　大切に食べよう）

春雪の優しさに触れ、胸がじわりと温かくなった。革袋を丁寧に荷物の中にしまい、乗合馬車の乗り場に向かう。

風が当たらない道を選んで進んでいくと、路地の陰から突然声をかけられた。

「茉莉花さん」

この声はよく知っている――……苑翔景だ。身を隠したまま声をかけてくるなんて完全に危ない人だけれど、翔景は官吏の監査を担当する御史台の文官なので、茉莉花と親しくしすぎるのはよくない。こうやって人目を気にするぐらいでちょうどいい。

「陛下からバシュルク国へ行く話を聞きました」

「……陛下から？」

「茉莉花さんはこの仕事でさらに成長するから励むようにと、わざわざ声をかけてくださったのです」

将来有望な若手文官である翔景のやる気を引き出すために、珀陽は機密情報をこっそり翔景に流したようだ。秘密を守れる人物だという信頼があるからこそできたことだろう。

「また貴女と競い合える日を楽しみにしています」

翔景もまた、気をつけてという気持ちを激励という形で渡してくれた。

(文官が翔景さんのような人ばかりなら……。……いいえ、知らない間に何度も私物が高価なものになっていったら、わたしは耐えられない……)

茉莉花は一瞬翔景に感動したけれど、すぐに我に返る。気持ちだけ受け取っておこう。

「ありがとうございます。がんばります」

乱れた髪を立ち止まって直している、そんなふりをしながら茉莉花は答えた。

「茉莉花さん、がんばりすぎずにゆっくりすることも大切だからね。こういう仕事に慣れている僕の助言は、絶対に聞いた方がいいよ」

翔景のうしろに、珀陽の異母弟の冬虎もいた。彼は封大虎という名前を使い、御史台で働いている。身元を偽って目的の人物に近づくことを得意としていた。

「はい。大虎さんの助言にしっかり従います」

「そうそう。……この仕事って、ときどき罪悪感がすごくてさ。悩むこともよくある。だからこそ、最後は自分の情を大事にしてあげてね。人って、優しさがないと生きていけないよ。僕も、茉莉花さんも」

偽りの笑顔を貼りつけている自分に、本物の笑顔が向けられたら、心が痛むだろう。

大虎はそれをわかっているから、先回りして「潜入先で情がわいてなにかしたいと思ったらしてもいい」と言ってくれたのだ。

「ありがとうございます。……そうします」

茉莉花が微笑めば、大虎はそろそろ行くぞと言わんばかりに翔景の袖を引いた。

「……茉莉花さん、気をつけてください。私は貴女といると、自分の能力を過信しそうになるときがあります。貴女の能力は、人を惑わすこともできます」

翔景の言葉の意味をよく理解できなかった。しかし、遠くに人の姿が見える。ここで長話をするのはよくない。

「気をつけますね」

それはどういうことでしょうか、と言って引き留めたいのを我慢し、茉莉花は歩き出した。

(人を惑わす……？)

物覚えが人よりちょっといいという特技については、すごいと言われたことも、不気味に思われたこともある。けれども、それだけの話だ。

(どういうことだろう)

不安を抱きながら馬車に乗りこむ。

今日の自分はこの問題が解けなくても、明日の自分は解かなくてはならない。

白楼国の南方に位置する『赤奏国』。

冬の寒さが厳しくなってきている白楼国とは違い、赤奏国では身体の震えが止まらないほどの寒さに襲われることはなかった。

「……あんた、また貧乏くじを引かされたよねぇ」

血のような紅い髪に金色の瞳をもつのは、赤奏国の皇帝『暁月』である。

茉莉花は、珀陽の書状をもって一人で赤奏国を訪れていた。

茘枝城に入り、暁月への謁見を願い出て、珀陽からの書状を渡して読んでもらったの
だが、暁月に嫌そうな顔をされてしまう。

(わたしは黒槐国よりも赤奏国に詳しいから……!)

茉莉花は、赤奏国で宰相補佐をしていたことがある。赤奏国出身だと偽ることができそ
うなぐらい内部事情に詳しかった。

「人に頼むって手紙じゃないんだよねぇ、これは」

暁月は舌打ちをしたあと、文官の舒海成を呼ぶ。

海成は、茉莉花がきていることを既に誰かから聞いていたらしい。驚くことなく、かつ

て一緒に働いた茉莉花に穏やかな表情を向けてくれた。

「海成、こいつ、バシュルク国に行くってさ。希望通りの戸籍を用意してやれ」

「バシュルク国……？　ああ、なるほど。傭兵学校に入るんですね。ですが、それは俺の仕事ではなくて戸部の仕事ではありませんか？」

「あんたがやればこいつの希望通りになるし、早いだろ。おい、茉莉花。海成の作業が終わったらさっさと出ていけ。よその国のやつにうろうろされたくない」

しっし、と暁月に手で払われた茉莉花は、そうしますと愛想笑いを浮かべた。

茉莉花は、この茘枝城内にいるほとんどの人の顔と名前を知っているし、気軽に話せる官吏も多い。世間話をするだけでも諜報活動のような行為になってしまう。

（諜報活動、か……）

茉莉花は、バシュルク国に潜入する本物の間諜だ。しかし、未だに実感がなかった。

「……赤の皇帝陛下も海成さんも、バシュルク国のことをご存じなんですね」

バシュルク国という名前を出すだけで、二人とも茉莉花がなにをしようとしているのかを理解した。

自分には官吏としての常識がまだまだ備わっていない……という意味の発言だったけれど、言葉が足りなかったようだ。

「はぁ？　あの国を知らないとかどこの田舎者だよ。あんたと一緒にしないでくれる？」

「すみません！　大変失礼しました！」

茉莉花は勢いよく頭を下げる。

冷や汗をかいていると、暁月が椅子から立ち上がり、近よってきた。

「あんたさぁ、バシュルク国で摑んだ情報はこっちにも流せよ」

今の暁月は、完全に『もっている財布を出せ』と脅してくる路地裏の乱暴者だ。

茉莉花は、今すぐ部屋から出て行きたかったけれど、いつの間にか暁月の足に服の裾をしっかり踏まれていた。

「勿論です！　我が国の皇帝陛下も、そのつもりだとおっしゃっていました」

茉莉花が「だから足をどけてほしい」という気持ちをこめて足元をちらちら見ると、暁月の手が伸びてくる。

「嘘つけ！　あいつはそう言いながら、どうでもいい情報しか流さないんだよ！」

暁月の手に胸元を摑まれた。それに驚かない自分がいる。すべてを諦めた心地でいると、凶悪な顔が「どう痛めつけてやろうか」と教えてくれた。なんて親切なのだろうか。

助けがほしくて視界の端にいる海成に眼で訴えてみると、海成はいつの間にか顔をそらしていた。窓がない方向を見ているのに、天気がいいな〜という顔をしている。

さすが、自分と同じ種類の人間だ。見て見ぬふりをするという決断に迷いがない。

「あんたが、おれに、こっそり、すべてを、吐いていくんだ！　……いいな！」

「ぜ、善処します……！」

非常に曖昧な言い方をすることで、なんとかこの場を切り抜けることに成功した茉莉花は、早く海成の作業が終わることを祈った。

「あ、あの……赤の皇后陛下に謁見したいので、許可を頂けないでしょうか。先日、白楼国に贈られた三冊のわらべうた集のうちの一冊を、我が国の皇帝陛下が褒美としてわたしに下賜されたのです。直接ではありませんが、素敵なものを頂いたお礼を……」

茉莉花がわらべうた集の話を始めると、暁月の表情が変わる。

心の底から楽しいと主張し始めた暁月の悪役面は、方向性は違うけれど珀陽と少し似ていた。

「ふぅん？　あれ、あんたの手元に一冊あるんだ」

「……はい」

「なぁ、それをあんたに渡したときの珀陽の顔、どうだった？」

茉莉花は、心を無にした。

暁月は、珀陽が悔しがるとわかった上であの書物を贈ったようだ。

茉莉花は、珀陽と暁月に、自分抜きで直接煽り合いをしてほしいと心の中で頼む。

「……ええっと、そうですね、素晴らしい書物だとおっしゃっていました」

「あいつの感想なんか聞いていないんだけど？　おれはあんたの感想を聞いているわけ。

「……で、珀陽、どんな顔をしていた？」

「いつも通りのお顔でした」

「はぁ？　嘘つくなよ。人の顔色をうかがうのが大好きなあんたなら、珀陽の表情の違いに気づけるだろうが」

　暁月は、晧茉莉花という人間をよく知っている。

　茉莉花は「そんなことありませんよ」と笑いながら急いで走り去りたいけれど、暁月の足が未だに服の裾を踏んでいるため、動けない。

「……あの、本当に偶然だと思うのですが！　もしかしたら、わたしへ下賜する直前に別件でなにかあったのかもしれませんので、それはご理解ください！　ええっと、………少し、不機嫌でいらっしゃって……」

　茉莉花が真実をわずかに話すと、暁月の足がすっともちあがった。裾には、見事な足跡がついている。

「へぇ？　へぇ～？　あいつがねぇ」

　愉快だという気持ちを、暁月は隠さない。

　ここに珀陽がいなくてよかった。いたら、血を見るような事態になっただろう。

「おれは今、最高の気分だ。あんたさ、今日はここに泊まっていけよ。莉杏が喜ぶ」

　暁月の見事な手のひら返しに、茉莉花は微笑みを浮かべる。絶対にこの話を珀陽にしてはならない。

「海成、あとはやっておけ」

暁月は、明らかに機嫌がいいですという顔で謁見の間から出ていく。

茉莉花がほっとしていると、海成がとても爽やかな笑顔を向けてきた。

「お客さま用の部屋に案内するよ」

茉莉花はため息をつき、うらめしそうな顔をしながら「お願いします」と頼んだ。海成に文句を言ってもしかたない。自分が海成の立場なら、同じように見て見ぬふりを選んだのだから、お互いさまだ。

海成と共に歩き、冬支度（ふゆじたく）が始まった庭を眺めながら、そうだとくちを開く。

「わたしといるときに、自分の能力を過信しそうになったことはありますか？」

これまでの話とまったく関係のない質問だけれど、海成は茉莉花の意図をすぐに理解してくれた。

「仕事はしやすいと思った。それは能力の過信というより、相性（あいしょう）がいいとかそういう感覚だったな」

う～ん、と海成はうなる。

「有能な人は、指示の出し方が上手いから、一緒にいると効率よく仕事できるよね。それを自分の力だと勘違いする人はいるかもしれない」

海成の言葉で、茉莉花は翔景の話の意図が少し見えてきた気がする。

（翔景さんとは、仕事の相性がよかった。でもそれは、優秀な翔景さんがわたしのやりたいことを読み取れるからというだけの話で、他の人にとってはそうではないはず）

赤奏国にきたときの茉莉花は、初めて人に指示を出す立場になった。そのときの自分を改めて振り返ると、情けないや恥ずかしい以外の言葉が出てこない。

「みんな海成さんみたいな人だったら、わたしの指示の出し方が悪くてもどうにかなって、楽をさせてもらえるのですが……」

あのときは、海成がいつもこっそり茉莉花を助けてくれていた。本当にありがたかったと思っていると、海成が嫌そうな声を出す。

「あのさぁ、俺たちがたくさんいたら嫌だよ。視線だけで会話が成立したら楽だけれど、上手くいきすぎて気持ち悪くない？」

「……そうですね」

茉莉花と海成は同じ種類の人間なので、なにも言わなくても考えていることがなんとなくわかってしまう。しかし、似ているところがあまりいい部分ではないので、ときどき「お前はこういう嫌な人間だぞ」と言われているような気分にもなるのだ。

「あっ！　見つけました！」

回廊を曲がったとき、深紅の上衣を着た可愛らしい少女が飛び出してくる。茉莉花を見てぱっと表情を輝かせたのは、赤奏国の皇后『莉杏』だ。

「茉莉花！　お久しぶりです！」

「赤の皇后陛下、ご機嫌麗しゅう存じます」

莉杏は、茉莉花の訪問がよほど嬉しかったのだろう。挨拶にきてもらう立場にあるのに、わざわざ探しにきてくれた。

「茉莉花がいない間に色々なことがあったのです！　話したいことがたくさんあります！」

莉杏はまだ十三歳なのに、わらべうた集をつくり、赤奏国の女の子の教育水準が上がるようにした立派な皇后だ。茉莉花は早くこの幼い皇后に追いつかなければならない。

けれども、その前に……。

「赤の皇后陛下のお話をぜひお聞かせください」

茉莉花は、莉杏との再会を素直に楽しむことにした。

赤奏国よりも南方に位置する『叉羅国』。

豊かな土地を治めている叉羅国の王は、三人の司祭と四人の将軍……三司四将と共に国を導いている。

茉莉花は、叉羅国の二つの王朝の統一に関わったことがあった。そのときにできた縁のおかげで、司祭のラーナシュ・ヴァルマ・アルディティナ・ノルカウスへ事前連絡なしで会いに行っても、追い払われずにすんだ。

「あのバシュルク国に行くのか」

「はい」

爽やかな青年という表現が相応しいヴァルマ家の当主であるラーナシュは、茉莉花の突然の訪問を大歓迎してくれた。早速、珀陽の書状を読み、まずは『あの』という言葉を口にする。

「ヴァルマ家に『ジャスミン』がいたという話にするのはかまわないぞ。だが、ジャスミンならアクヒット家の方がいいだろう。アクヒット家は西方からやってきた民族の血を引いていて、ときどき先祖返りをしている。マツリカも西方の血が混じっているだろう？」

白楼国は、西側の国と東側の国の出入り口となっているため、人々は様々な色をもつ。亜麻色の髪と菫色の瞳の茉莉花もそのうちの一人だ。

「よし、シヴァンに連絡するぞ！」

アクヒット家の当主、シヴァン・アクヒット・チャダディーバ。

シヴァンは金色の髪をもつ美しい司祭なのだが、典型的な叉羅国人で、異国人に対してとても厳しかった。

できれば友好的なラーナシュだけでこの話を終わらせたかったのだけれど、『あのバシュルク国』と言えるラーナシュが、シヴァンの方がいいと判断したのだ。茉莉花はそれに従うべきだろう。

「……で、マツリカ。バシュルク国の情報を手に入れたら、俺にも教えてくれ」

ラーナシュが爽やかに笑う。バシュルク国の秘密主義は、どうやら叉羅国でも有名らしい。そして、叉羅国も情報をほしがっているようだ。

茉莉花は勿論ですと頷いた。

「情報を手に入れたら、我が国の皇帝陛下から改めて書簡を送ります」

「いやいや、白楼国の皇帝殿は、どうでもいい情報しか渡してくれない。俺はそのことを知っているぞ。マツリカが個人的に俺へ教えてくれ」

赤奏国でのやりとりと同じ展開になってしまう。珀陽の悪名の高さは、あちこちに響き渡っているようだ。

「可能な範囲で教えます……」

「うん、頼んだぞ！」

ラーナシュは眼をきらきら輝かせながら、茉莉花の肩を叩く。

「よし、今夜はマツリカの歓迎会を開こう。今からでは楽団と踊り子を百人ぐらいしか集められないが、喜びの気持ちは人数で測るものでもないしな」

「ありがとうございます！　ですがお気持ちだけ頂きます！」

　これから潜入調査だというのに、ここで盛大な宴をされ、目立ってしまっては困る。ラーナシュの善意は嬉しいけれど、今はそっとしておいてほしい。

「そうか。しかし、国王陛下がマツリカの訪問を知ったら、晩餐会を開きたいと言い出すぞ。連絡ぐらいはしておこう」

「ありがとうございます！　ですがそちらもお気持ちだけで！　わたしがここにきた話は、シヴァンさん以外にはどうかご内密に……！」

　ラーナシュに聞きたいことは色々あるけれど、この様子では用事があるとき以外は宿でじっとしていた方がよさそうだ。

「……あ、ラーナシュさんはバシュルク国に行ったことはありますか？」

　茉莉花は、ラーナシュが世界中を旅していたという話を思い出す。自分の歓迎会という話題を変えるためにもちょうどいいと尋ねてみた。

「バシュルク国の首都に行ったことならある。旅人は『外側』と呼ばれるところまでしか入れてもらえなかった。『内側』と呼ばれるもっと奥のところへ行こうとしたら、つまみ出されてしまったぞ」

「……それだけで終わってよかったです」

折角なので、ラーナシュからバシュルク国の外側の話を聞かせてもらおう。実際に行った人の話は、とても貴重だ。茉莉花が興味津々で聞いていると、廊下が急に騒がしくなり、勢いよく扉が開いた。

「白楼国のどぶねずみがきているだと⁉　追い出せ‼」

挨拶もなしに部屋へ入ってきたのはシヴァンだ。

再会した途端、シヴァンからとんでもなく失礼な発言が放たれたけれど、茉莉花は挨拶代わりだとわかっているので、気にすることなく頭を下げる。

「お久しぶりです、シヴァンさん。お元気そうでなによりです」

シヴァンは勝手に椅子へ座り、ふんと鼻を鳴らした。

「シヴァン、マツリカはバシュルク国に行くらしい。アクヒット家の縁者という扱いにしてやってくれ。俺よりは血縁者っぽいはずだ」

ラーナシュもシヴァンの暴言を無視し、珀陽の書状を渡す。

シヴァンはどうやら「バシュルク国に行く」という言葉だけで、これから茉莉花がすることを理解したらしい。

「どぶねずみらしい仕事だな。だが、アクヒット家の血を受け継ぐどぶねずみなんているわけがないだろう」

冷たい言葉を放ったあと、書状をラーナシュに突き返す。

「……使用人の中に、ラクテス家という一族がある。その遠縁ということにしてやろう。ラクテス家も西方の血が流れているからな。あとで資料をまとめ、届けてやる」

シヴァンは、遠回しに協力すると言ってくれた。やはり彼はいい人だ。

「その代わり……バシュルク国で掴んだ情報は私にも流せ。そちらの皇帝を通すな」

このやりとりは、もう三度目になる。

茉莉花は、なぜか皆から潜入成功を期待されてしまった。けれども、そもそも傭兵学校に入学できない可能性の方が遥かに高い。今からあちこちに謝りたくなってしまった。

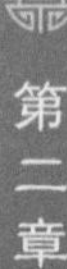

第二章

大陸の中央部、山岳地帯にある傭兵の国『バシュルク』。

バシュルク国の首都トゥーリは、天然の岩壁と分厚い城壁に囲まれており、攻め落とすのに一年はかかると言われているほどの強固な要塞都市である。

それに加え、この辺りは冬になると冷たく乾いた風に襲われ、山を覆い隠すほどの雪が降るので、攻め落とす途中で凍死する覚悟もしなければならない。

このような事情があるため、バシュルク国は他国から「寒くて痛い思いをして奪い取っても、豊かな土地がなくて大損をする」という評価を与えられていた。


「……寒い」


茉莉花は、バシュルク国の首都にある傭兵学校の門の前で、ぶるりと身体を震わせる。

この国の風はとにかく冷たい。ただ立っているだけでも体温がどんどん奪われていく。

周囲には、同じように身体を震わせている者もいれば、平然としている者もいた。

(今回の外部からの入学希望者は十五人……)

この中に、間違いなく異国の間諜も混じっている。しかし、ぱっと見ただけではわからなかった。

「お待たせしました。ただいまより試験を受けてもらいます」

女神を信仰する大聖堂の鐘が鳴らされたとき、やっと門が開き、試験官が出てくる。

茉莉花は風のない室内に入れてほっとした。暖炉があると本当に嬉しいのだけれど、どうだろうか。

(……懐かしいな)

教室が並んでいる。学生が歩いている。

建築様式も使われている素材も柱の大きさもなにもかも白楼国の太学とは違うけれど、学校特有の雰囲気はよく似ていた。

(聞いていた通り、学生は十代前半の少年少女ばかりだわ)

すれ違う少年少女たちの顔は幼い。しかし、みんな茉莉花よりも身長が高い。そして身体がしっかり鍛えられている。

(わたしみたいに学力だけで傭兵学校に入ろうとする人は、やっぱり珍しいみたい)

バシュルク国の傭兵部隊には、必ず衛生部隊がつけられ、傭兵たちが高度な治療をすぐ受けられるようにしている。他にも、作戦立案や補給といった後方支援にも力を入れていて、戦争に必要な能力をもつ者を幅広く育てている……らしい。

「こちらの教室で試験を行います。好きな席にどうぞ」

茉莉花は、中央より少しうしろの席を選ぶ。

他の人たちも、前を選んだりうしろを選んだりして、あちこちからがたがたと椅子を引く音が聞こえてきた。

「この試験問題に解答を書きこんでください。……問題を受け取っていない人はいませんか？　それでは始めてください」

太学では、不要な物をもちこんでいないかの確認が厳しかった。しかしここでは、一度も手元を確認されていない。子星が言っていた通り、この入学試験は満点を取ればいいというものではなさそうだ。

（まずは名前……。ジャスミン・ラクテス）

バシュルク国は、元々はイダルテスという国の一地方である。主に話されている言語はイダルテス語だ。けれども、独立前にシル・キタン国やムラッカ国に一部を占領されていたこともあったので、イダルテス語にシル・キタン語やムラッカ語が混ざっていた。おまけに、イダルテス語も元々かなり訛っていたため、もう新たな言語——……バシュルク語という扱いになっている。

（三つの国の言葉が混じっているせいか、癖のある言語よね）

叉羅国でバシュルク語を習ってきたけれど、バシュルク人にとって、茉莉花の文字はとても汚いはずだ。もし合格できたら、まずは綺麗な字を書けるようにしよう。

「そこまで。試験問題を回収します」

試験内容は難しくなかった。簡単な読み書きと計算、多少の応用問題。それから志望動機を書くだけだ。

羽ペンと呼ばれる慣れない筆記具を、茉莉花はそっと机に置く。

「次は面接試験になります。こちらへ移動してください」

皆の緊張が茉莉花にも伝わってくる。合否を決めるのは、面接試験になると思っているのだろう。

試験官の案内に従い、廊下を歩いていく。喋る者はいない。

茉莉花は不安を感じながらも、視線をわずかに動かして周囲を確認した。

(回廊がないのは、風が冷たすぎるせいね)

雨風で汚れる心配をしなくてもいいのは素晴らしい。しかしその分、開放的なつくりではないため、圧迫感が少しある。

変化のない廊下を進み、角を二つ曲がり、飾られている大きな甲冑の前を通り、それからようやく面接のための教室に入った。

(なにを聞かれるのかな……)

白楼国の間諜たちは、本当にごく普通のことしか聞かれなかったらしい。だからこそ、なぜ落ちたのかがちっともわからないままなのだ。

茉莉花は、この面接を上手く切り抜けられますように……とひたすら祈る。

「五人ずつ呼びます。それでは……」

茉莉花は最初の組に入れられた。緊張しつつ部屋に入ると、既に試験官が三人いる。その前には、椅子が五つ並べられていた。

五人の中で最後に名を呼ばれた茉莉花は、左端の椅子に座る。

「名前と出身国、それから傭兵学校に入学を希望した理由を言ってください」

どう見てもごく普通の面接だ。面接官も穏やかな表情で、手元にある紙を見ることなく、皆の話をうんうんと頷きながら聞いている。

「ジャスミン・ラクテスです。父がサーラ国人で、母が赤奏国人です。生まれは赤奏国ですが、赤奏国で内乱が起きたときには母が亡くなっていたため、父に連れられてサーラ国に移住しました。少し前、サーラ国がムラッカ国に攻めこまれたときに、異国人であるわたしへの風当たりが強くなりました。……このままでは父の一族に迷惑をかけるので、異国で学問ができる場所を探したところ、バシュルク国の学校はどうかと父の知人に勧められました」

茉莉花が喋っているのは、叉羅語訛りが入っているバシュルク語だ。

ラーナシュにバシュルク語ができる叉羅国の商人を紹介してもらい、その人の発音を必死に覚えてきた。

「それは大変でしたね」

故郷にいられなくなって、しかたなくバシュルク国にきた。

茉莉花の志望動機はかなり消極的なものだけれど、子星は「そのぐらい自然な方がいいと思います」と言っていた。その言葉を信じよう。

（ジャスミン・ラクテスは赤奏国の文官になりたかった。でも、内乱が発生したことでその夢を諦め、父と叉羅国に行った。けれども、そこで運悪く迫害の対象となってしまい、また別の国へ行くことになった。……ジャスミンは、これまでずっと親の言うことに従っている。なにがなんでもという積極性のある女の子ではない。できれば……というささやかな希望をもっているだけ）

受け答えのとき、最初につくった設定に矛盾が生まれないよう、茉莉花は気をつける。どんな質問にも、ジャスミンとして答え続けた。

「バシュルク国の傭兵は、高い能力が求められています。敵地で戦うときには、警戒心を常にもち続けなければなりません。……筆記試験の部屋を出てからこの面接の部屋へ入るまでにすれ違った人は、何人でしたか。答えてください」

いよいよ合否を決める問題が出てきた。受験者たちは息を呑む。

──どこまでを『すれ違った』と言うべきか。遠くに見えた人は含まれるのか？

──もしかして、同一人物がわざと二度現れたかもしれない。

──どんな人物だったのかを言う方が、点数を稼げるはずだ。

受験者たちはより高い点を得るために、人数以外のことも答えていく。

「すれ違ったのは四人です。遠くに見えたのは三人でした」

「四人の男とすれ違いました。三人は十代半ばに見え、一人は教師に見えました」

「外にいた人を含めると五人です」

『すれ違った』の定義が、それぞれ異なっている。皆、観察眼が優れていることを主張したり、見ていた範囲の広さを主張したりした。

「わたしは……」

最後に答えることになった茉莉花は、面接官の視線を感じながら、申し訳なさそうにうつむく。

「すみません、よく見ていなくて……。二人とすれ違ったことは覚えています……」

不注意を恥じるように、茉莉花は声を段々小さくしていく。

横にいる受験生からの『こいつは落ちたな』という雰囲気を嫌でも感じ取り、茉莉花は身体をますます縮こめた。

(でも、ジャスミンは普通の女の子だから……!)

晧茉莉花なら、すれ違った人の特徴や着ている服といった細かいところまで覚えているだろう。しかし、ジャスミンはそういう設定にしていない。晧茉莉花と似ているのはよくないと事前にそう決めておいたのだ。

（それに、知らない国で入学試験を受けることになったジャスミンは、すべてのことに緊張していて余裕がないはず。彼女はいつだって足下を見てしまう）

茉莉花は、最初の設定の時点で失敗していた。ラーナシュのように好奇心旺盛な人物にしておけば、眼を輝かせながら自分の観察力を面接官に主張できただろう。

——本当にすみません、陛下、赤の皇帝陛下、ラーナシュさん、シヴァンさん。

四人と答えられなかった時点で、不合格が決まった。

自分も入学すらできなかった間諜の一人になってしまった……と冷たい手をぎゅっと握っていると、面接官が面接終了を告げる。

「それでは、こちらの部屋でお待ちください」

さて、どう言い訳しようか……、いや、言い訳は見苦しい。素直に謝ろう。

そして「次は好奇心旺盛という設定の人を送りこんだ方がいい」という大事なことを伝えるべきだ。

「お待たせしました。今から合格者を発表します」

全員の面接が終わったあと、しばらく待たされ、ようやく合格発表である。

茉莉花はもう駄目だという顔のまま、静かに周囲を観察した。

一緒に面接を受けていたのは四人。

彼らのうち、誰が合格したかによって、合格基準が少しは見えてくるはずだ。

（誰がどう答えたのかは覚えている。せめてこのぐらいの情報はもち帰らないと）

あとは学校の間取りをできるだけ正確に覚えて……と、意識が別のところに向かう。

「――ジャスミン・ラクテス。……以上、合格者は一名。ジャスミン・ラクテスはこのあと入学手続きがあるので、残るように」

茉莉花がえっと顔を上げると、皆が自分を見ていた。

聞き間違いかと思ったけれど、面接官がおめでとうとこちらを見て言ったので、正しく聞き取れているようだ。

（わたしだけが合格⁉）

驚（おどろ）いていると、同じ面接を受けた人たちが「くそっ！」「なんで⁉」「おかしいだろ⁉」と思い思いの感想をくちにし始める。

（ということは、もしかして、最後の質問は……）

最初に「傭兵は高い能力が求められている」「警戒心を常にもち続けなければならない」と言われた。だから皆、それらを測る問題だと思った。

けれども、そもそもあの言葉は、正解以上の答えを言わなければならないという焦（あせ）りを生み出すためのものだったのかもしれない。

(白楼国の武官は、すれ違う人の顔を見ておくようにと教育されている)

どこの国の軍人も、間諜としての訓練を受けた人も、似たような教育を受けるはずだ。

これは、訓練された者なら正解できてしまう問題で、普通の人なら正解できない問題になっているのだろう。

——きっと、絶対に正解してはいけない問題だったのだ。

(あ、あ……危なかった……！)

ジャスミン・ラクテスを好奇心旺盛な女の子にしていたら、ここで落とされていた。

今になって面接の真の意味が見えてきて、どきどきしてしまう。

(落ち着いて。今のわたしはジャスミンだから、そういう受け答えをしないと……！)

自分以外の受験者が部屋から追い出されたあと、茉莉花は面接官に質問する。

「あの……どうしてわたしだけが合格したんですか？　わたしは最後の質問に答えられなかったのに……」

茉莉花が不安そうな表情を見せれば、面接官はにこにこ笑いながら理由を教えてくれた。

「入学試験の合否は、総合的な判断をしています。できないことがあっても、入学してから学べばいいんですよ」

つまり、異国人向けの入学試験は、間諜らしい人物をはじくために存在している。

傭兵として使えるかどうかは、これから判断されるのだ。

「ようこそ、傭兵学校へ。我々は貴女(あなた)を歓迎(かんげい)します」

面接官の言葉に、茉莉花はぎこちなく頷いた。


傭兵学校は四年制である。しかし、これは四年間学べという意味ではない。教育が四段階に分かれているという意味だ。

一年生では、傭兵に必要な最低限の知識を学ぶ。基本的な野営実習も行う。作戦行動に必要な読み書き計算や適切な判断ができるようになれば、進級試験を受けることができる。

二年生では、行軍日数や兵糧(ひょうろう)の量の計算、衛生知識を学ぶ。二年生終了時点で、傭兵部隊への入隊試験を受けることが許され、ほとんどの生徒はここで卒業する。衛生学でいい成績を取ると、医者の適性ありと判断され、医者の元で学ぶこともできる。

三年生では、戦略や戦術を学ぶ。これは部隊長を任される者に必要な知識だ。主に傭兵部隊で働いている者が、編入という形で再び学びにきていることが多い。

四年生では、傭兵部隊の運用や管理を学ぶ——……つまりは幹部候補生である。

「ジャスミンはやっぱり四年生まで目指すの？」

茉莉花が寮(りょう)の部屋で、学校の説明が書かれている紙に眼を通していると、同室のイル・

オズトが声をかけてきた。

イルは、煉瓦色の髪に淡褐色の瞳をもつ十四歳の女の子だ。体格には恵まれなかったけれど、なんとか体力をつけ、やっと傭兵学校に入学できたのだと教えてもらった。

バシュルク国生まれのバシュルク国育ちのイルと同室になれたのは幸運だ。これからバシュルク国について色々なことを学ばせてもらおう。

「そうね……、わたしは後方支援しかできないから、三年生まで上がることは決めているんだけれど、向いているものがわからないからゆっくり考えるわ」

「そうだよね。ジャスミンはまだ入ったばっかりだもんね。私は首都の防衛部隊希望！お給料いいし、足の速さに自信があるんだ！」

イルはとても明るくていい子だ。茉莉花の荷物の整理を手伝ってくれたし、学校の案内もしてくれた。明日は街を歩こうと誘ってくれた。

（でも、陛下やラーナシュさんに比べると、考えていることがわかりやすい）

茉莉花は、イルの視線を必要以上に感じていた。つまり、観察されているのだ。

彼女は若く見えるけれど、もっと年上の本物の傭兵かもしれない。もしくは、茉莉花の監視役として選ばれた学生かもしれない。

（一人部屋がほしかったけれど、卒業まで無理みたいね）

入学試験に合格したからといって、信じてもらえたわけではない。いつだって見られていることを前提に、気をつけて行動しよう。

「ご飯に行こうよ！　あまり遅くなると食べるものがなくなるんだ」

「あ、待って、上着を……」

イルと違い、茉莉花はこの山岳地帯の寒さに慣れていない。分厚い上着を肩にかけ、それから廊下に出る。

「寒い……！」

「吹雪になったらもっと寒いよ！　ジャスミン、野営実習が大変そうだなぁ……」

「野営実習には毛布をもっていけるの？」

「寧ろ毛布をもっていかないと死ぬからね。戦場でしっかり働くためには、身体を充分に休めるための環境を整えることが大切なんだよ。……って、授業の受け売りだけれど。さぁ、女神さまにお祈りしよう！」

　茉莉花はイルから教わった通り、女神に祈りを捧げる。そのあとは実習の話を聞きつつ、慣れない味つけの夕食を食べた。


　一年生の授業は、茉莉花にとってあまりにも簡単な内容だった。

余裕のある一年生のうちに、綺麗なバシュルク語を話したり書いたりできるように練習をしながら、この国の攻略法を探ってみよう。

（でもその前に、わたしは山と雪と寒さについてもっと知らなければならない）

首都トゥーリは山の中腹にある。首都の街に入りたいのなら、渓谷にかけられた橋を必ず渡らなければならない。この橋の幅は、馬車一台が通れる程度しかないので、反対側から攻撃されると逃げられないのだ。

（首都を攻め落とす最初の大きな壁が、この渓谷と橋ね）

多大な犠牲を払って橋を渡れば、分厚い城壁に囲まれている首都の外門の前にようやく出る。

この外門はとても頑丈で、突破するだけでもひと苦労だろう。なんとか首都の街に入れたとしても、そこはまだ外側である。首都の主要部は、天然の岩壁とさらに分厚く高い壁に囲まれた内側に集められているのだ。

（内側は石造りの建物ばかりで、火矢を放っても火事が発生しない……という話を子星さんがしていた）

道具を使って壁を破壊しようとしたら、城壁の上から攻撃される。

遠くから火矢をうちこんでも、内側は燃えてくれない。

そして、バシュルク国には、どの国の軍隊よりも強いと言われる傭兵部隊がいる。

(正面からの攻略は厳しい)

内部からの工作が必要だ。しかし、内部に入れないよう、首都は『内側』と『外側』に分けられている。

(今日のわたしは、内側の攻略ができなかった。今ある材料を組み合わせるだけでは、やはり答えがつくれない)

――材料がないのなら、新しい材料を探す。もしくは、自分で材料を生み出す。

これまでとは別のやり方で挑む『明日の自分』に早くならなければならない。できることは他にもあるはずだと考えながら、寮の部屋で手と紐を動かした。

「そうそう、それで合ってるよ。ジャスミンは器用だね」

野営に必要な紐の結び方の練習を続けていると、イルがひょいと覗きこんでくる。考えごとをしながら結んでいたけれど、綺麗な結び目ができていた。

「結び方を覚えていても、必要なときに正しい結び方を選べないと駄目よね。解けない結び方とすぐに解ける結び方を逆にしてしまったら……」

「怖いことを言わないでよ～！　馬車の紐が解けたら荷物が大変なことになる！」

肩を摑んで揺さぶってくるイルに、茉莉花は笑った。

「そうだ、イルに字を見てほしくて」

読み書きの課題を見せれば、イルが眼を輝かせる。

「すごい！　私より綺麗な字だし、なんか賢そう！」

「本当？　初日にサーラ国人っぽい字を書くねと先生に言われてしまったから、気にしていたの。直っているみたいでよかった」

この十日間、茉莉花は字の練習の他に、バシュルク語に慣れるという努力をひたすらしていた。学校や街で情報を集めたいのなら、直接的な言葉以外の表現も知っておかなければならない。

談話室で読書をしつつ皆の話をずっと聞いたり、部屋では教本の朗読をして変な発音になっているところをイルに指摘してもらったりした。

「読み書きがこれだけできるんだったら、もう二年生に上がってもいいんじゃない？」

「でも、わたしはまだ野営実習を受けていないから無理だと思うわ」

「傭兵学校は普通の学校と違って、適性があればどんどんそれを伸ばした方がいいって方針なんだよ。私から先生に言っておく！」

止める間もなくイルが部屋から出ていく。

茉莉花はまぁいいかと笑って見送った。

イルは資料室と書かれた部屋の扉を四回叩く。

　すると、中から「どうしましたか」という涼しげな声が聞こえてきた。

「イルです。先生に渡してほしいと頼まれた採点済みの作文があります」

「……どうぞ。入ってください」

　決めておいたこのやりとりは、傭兵学校に通う生徒同士から、傭兵部隊の仲間同士という切り替えの合図である。

　イルは資料室の中に入り、傭兵でありながら生徒のふりをしている二十代半ばのアシナリシュ・テュラという名の男に、採点済みの作文を届けるという言い訳づくりのためにもっていた白い紙を渡した。

「アシナ、ジャスミンが二年生に上がるかもだって」

　椅子に座っていたアシナは、受け取った白い紙を机に置く。

　アシナは、傭兵よりも学者と言われる方が納得できる雰囲気をもつ男だ。顔はかなり整っているけれど、気難しそうな性格が前面に出ていた。

　イルにとってのアシナは、遠い親戚かつ小さいころからの知り合いなのだけれど、そうでなかったらこんな風に気軽に話せる仲にはならなかっただろうな、とこっそり思っている。

「ねぇ、折角傭兵学校を卒業して傭兵部隊に入ったのに、私にまた学生をしろっていうのはあんまりじゃない？」

イルが抗議すると、アシナはため息をついた。

「これも傭兵の仕事ですよ。特別手当は出ているでしょう?」

「そうだけれどさぁ……」

「私もジャスミンの監視と調査という仕事で、今更三年生のふりをしているんです。たしかに面倒ですけど、これも大事なことですから」

アシナは、傭兵部隊の運用を担当している軍事顧問官で、とっくの昔に四年生を卒業していた。傭兵になったばかりのイルにとっては、声もかけられないほどの偉い人である。

その偉い人も、こうやって学生をやらされているのだから、自分が文句を言うべきではないとイルもわかっているのだけれど……。

「ジャスミンの様子はどうですか?」

「街の案内のとき、わざと内側への入り口の横を通るつもりでいたのに、案内の途中で『寒いからもう寮に帰りたい』って言い出して、本当に帰っちゃったんだよ。間諜なら間抜けすぎるって。せっかくの機会なのに」

「寮での様子は?」

「みんなと挨拶ぐらいはするけれど、私以外の人と自分から積極的に仲よくするつもりはないみたい。いつも談話室で書物を読んでる」

「荷物は?」

「私に触れたことにまったく気づかないし、財布も引き出しの奥に入れるだけ。本人はあれで警戒しているつもりみたい。おっとりしすぎて危ないって」

「バシュルク語以外で書かれたものは？」

「なにもない。文字の練習はするけれど、本当にそれだけ。日記も書かないよ」

ジャスミン・ラクテスは、今のところ、外出よりも読書が好きなどこにでもいる普通の少女だ。ひと通り行われた身元調査でも、怪しいところはなかった。

それに加え、サーラ国に行ったことがある傭兵に頼み、ジャスミンの発音を聞いてもらった。彼は「サーラ国人の発音だ」と言いきった。

「ジャスミンは傭兵に向いていそうですか？」

「う～ん、頭の出来次第かな。賢そうだとは思う。三年生まで上がるつもりみたいだし。とりあえず、首都の防衛部隊には絶対に向いていない。あれで戦うのは無理だよ」

「どの分野に適性があるのか、早めにわかるとこちらも助かりますね。……引き続き、ジャスミンの観察を続けてください」

異国人の入学者はそう多くない。十年前はそれなりにいたけれど、バシュルク国の傭兵の価値が上がると共に、あちこちから間諜がくるようになってしまったのだ。今は絶対に大丈夫だと言えるところまで合格基準を厳しくしている。

「ジャスミンは随分と……」

アシナはそこでくちを閉じた。悪口に近い言葉になりそうだったのだ。

遠くから見たときのジャスミンは、動きにも言葉にも特徴がなく、すぐ他の生徒に紛れてしまった。ぼんやりとした印象しか残っていない。

もし彼女が異国の間諜なら、あまりにも優秀だ。早く追い出さなければならない。

「……イル、ジャスミンに追加の試験を与えてみます」

「追加？　どんな？」

これ以上なにを調べるつもりなのかと、イルは首をかしげた。

「三年生に上がるための試験は小論文です。提出日の昼すぎを狙って、ジャスミンが書いた小論文を彼女の荷物からこっそり抜き取ってください」

「ええ⁉　そんなの可哀想だよ！」

アシナは「必要なことです」と言いきる。

「ジャスミンは、小論文をどこかに落としたのではないかと思い、心当たりを探すでしょう。貴女は『寮に置いてきたのかも』と言って寮に戻るよう提案し、一緒に探すふりをして、ジャスミンの探し方をよく見ておいてください。人は必死になったとき、本性が現れます。普通の人なら探さないところも探そうとするかもしれません」

イルはアシナの考えた作戦に、嫌そうな顔をした。

「うぇ……。仕事とはいえ、アシナも性格の悪いことをするなぁ。進級試験を二回も受けないといけないジャスミンが気の毒すぎる」

「そこは大丈夫ですよ。落ちていた小論文を拾った教師が、期限ぎりぎりにジャスミンのところへ現れるようにしますから」

「ならいいか。……わかった。やってみる」

イルはほっとしたあと、しっかり頷く。ジャスミンへの疑いがなくなれば、早めに傭兵部隊に戻れるかもしれない。絶対に成功させてやるぞと気合を入れた。


茉莉花は二年生の授業を受けながら、小さな二重窓をちらりと見る。

小さな窓には油を塗った羊皮紙が貼られているので、外の様子は見えない。けれども、じわりと伝わってくる冷たすぎる空気からすると、また雪が降っているようだ。

(冬にこの要塞都市を攻め落とすことになったら、ただの待機でも消耗してしまう)

雪中行軍用の装備も勿論あるけれど、それを運んでくるぐらいなら、春から秋までに攻めこんだ方がいい。

(攻める側で攻略法を考えるのは難しすぎる。視点を変えてみよう)

どう攻めるのかではなく、どう守るのか。

バシュルク国の立場になってみると、最初に気になるのは補給だ。豊かな土地ではないから、買い置きの食糧がなくなったとき、自給自足でどうにかすることができない。

(首都以外にも備蓄や防衛部隊を用意しているはずだけれど、どれぐらいあるのかな)

小さな国だから、各地に戦力を蓄えるのではなく、首都に集中させているだろう。

こうして守る側になってみると、途端に不安要素が見え隠れする。

(今のは、わたしでも気づけるようなわかりやすい不安要素だわ。他にもあるはず。わたしは、この国の人たちがなにを見て、なにを思うのか、まずはそれを知らないと)

そのとき、出発前に子星から教えられたことを、ようやく理解できた気がした。

――バシュルク国ではまず『人』をよく見てください。眼の前のものを丁寧に観察することは、茉莉花さんの得意分野のはずです。

その通りだ。茉莉花は、街づくりのように大きなものを捉えることよりも、眼の前のものを細部まで観察することの方が得意だった。

――どんなに強固な要塞都市でも、運用しているのは『人』です。人は完璧ではありません。要塞都市に弱点があるのなら、一つ目はそこです。

弱点を探るために、イルやこの教室にいる生徒の考え方を徹底的に分析してみよう。

「今日はこれで終わります」

授業に関係のないことばかりを考えていたら、教師が授業終了を告げた。茉莉花は慌てて皆と同じように教本を閉じ、筆記具を片付ける。

「……くそっ」

立ち上がろうとしたとき、隣の席の生徒が教本を開いたまま髪をぐしゃぐしゃとかき回した。茉莉花は、おそるおそる声をかけてみる。

「わからないところでも……？」

「そうだけど。……お前、見ない顔だな」

大きな身体の少年にじろりと見られ、茉莉花は「なんでもないです」と言いたくなるのを堪える。代わりに笑顔をなんとかつくった。

「わたしはジャスミン・ラクテス。昨日から二年生になったサーラ国人よ。今日の授業の内容は前の学校でも習ったところだったから、きっと貴方に教えることができると思う」

「サーラ国……」

少年はバシュルク国人らしくない茉莉花を見て、なるほどと納得した。

「まずここだけれど、どうやってこの数字を出したの？」

「あ？　……ああ、それは……」

茉莉花は、先に自分から質問する。

少年は戸惑いつつも、どうやって答えを導こうとしたのかを説明し始めた。

（あの数字がここに入って……、うん、そう考える人もいるんだ）

間違っている部分を指摘し、正しい数字を教えるのは、茉莉花にとって簡単だ。しかし、それだけでは理解が深まらないので、数を足そうとした理由を聞いてみる。

「最初にこの数字とこの数字を足したのはどうして？」

「とりあえず二つ数字があったし、なにかやってみようと」

——『なにか』で足し算をした。

眼についた二つの数字を使ったのは、これまでの経験によって生まれた発想だ。

「この問題の解き方の大事なところは……」

理解に必要なのは、問題文を読み、意味を把握し、どうするのかを言葉で伝えられるようにすること。計算はそれからでもいい。

茉莉花が丁寧に説明すると、わからんという言葉が返ってきた。驚きつつもさらに細かい解説をして、他の例を出して……とやっていくと、あるところでようやく少年は「わかった！」と喜ぶ。

（人に教えるのは難しい……！）

子星はいつだって過不足のない言葉でなんでも教えてくれた。

今の茉莉花は教えられる立場でしかないけれど、いつかは後輩に色々なことを教えなければならないのだから、こうやって少しずつ教えることに慣れていこう。

「あのさ……、俺も教えてもらっていい？」

いつの間にか、教室にいる人たちの視線が茉莉花に集まっていた。

茉莉花は、先ほどの会話がいい宣伝になったことにほっとし、「わたしでよければ」と微笑む。

「論述なんだけれど、そもそも書き方がよくわからなくて……」

「ある程度、決まった書き方があるわ。どんな問題？」

茉莉花は問題文を読んだあと、言葉につまった。

（答えの書き方を教えればいいと思ったけれど……）

これはとても単純な問題だ。なにを思ったのかをただ書くだけである。

きっと答えの書き方の前に、思ったことを文字にするという……いや、文章というものに慣れるところから始めた方がいいだろう。

刺繍というものを知らない人に、糸と針と布を与えてやり方の説明をしても、それだけではなにをするのかよくわからないはずだ。まずは完成したものをしっかり見て、それからようやく自分なら……という段階に進めるのである。

（わたしは、傭兵は読み書きさえできればいいと思っていた。考えが足りなかったわ。『文章を読む』『文章を書く』『数字を読み取って必要な計算ができる』の三つが揃わないと、戦場で大変なことになる）

報告するときや作戦を伝えられるとき、いつもわかるまで説明したり、説明されたりするわけではない。文書のみでのやりとりも多いはずだ。言いたいことを文字だけで伝えたいのなら、必要とされる知識や理解は『読み書きができる』以上のものになる。

（多分、武官もそういう訓練を受けている。戦えればそれでいいわけではない）

バシュルク国の傭兵の意識の高さは、戦う以外の教育もしっかり受けているからだろう。

『慣れたらわかるようになる』にならないようにしているのだ。

「ええっと……。まずは『誰』が『どう思ったのか』を書いてみて。これが論述の基本よ。『私が』『すごいと思った』でもいいから。次は『どうしてすごいと思ったのか』を書くの。これも『とても大きかったから』と具体的に言うだけで大丈夫」

茉莉花は、文章の基本中の基本、当たり前に理解している概念を改めて考え直し、じっくり説明していく。

「なぁ、俺も教えてもらっていい？　課題が終わらなくて」

「勿論よ。順番ね」

それからもあちこちから声をかけられた茉莉花は、一人ずつ丁寧に教えていった。

「どうしてそう考えたの？」

「この言葉を選んだ理由は？」

「数字はどこからもってきたのかしら」

茉莉花は、問題に取り組もうとするときの第一歩がどこからやってきたのかを、ひとつひとつ尋ねていく。生徒の心の中にあるものをひたすら探る。

（談話室で生徒同士の会話を聞いているだけでは、生徒の心の奥は見えない。でも、『勉強を教える』という形であれば、どれだけ熱心に質問しても不自然にならない）

作戦変更だ。『余裕があるから教える』を利用して、バシュルク人の心を分析しよう。

『優秀であることをある程度見せながら、目立ちすぎないようにする』は女官時代にやっていたことだ。茉莉花にとって難しいことではなかった。

一年生のときの茉莉花は、目立つことを避けていた。同じ一年生にとって、気づいたら二年生に上がっていたとしか思われていないはずだ。

二年生になってからも、目立つことはできるだけ避けようとしていた。

――しかし、途中で方針を変える。

みんなに勉強を教えていれば、すぐに『優秀な生徒』という評価を与えられた。

その評判を聞きつけた教師から、三年生に上がるための試験を受けてみたらどうかと勧められたのは、二年生の全員と知り合った直後である。

茉莉花は二年生の教室で、顔を真っ青にしていた。

提出しなければならない小論文をもってきたはずなのに、なぜか荷物の中からなくなってしまったのだ。

「どうしたの？」

イルに声をかけられた茉莉花は、荷物をひとつひとつ机の上にのせながら、「小論文がなくて……」と説明した。

「えっ!?　それ、進級試験のだよね!?」

「そうなの……！　期日を守れるかどうかも評価に入るから、間に合わなくても一旦は出しなさいと言われていて……！」

イルははっと立ち上がり、教室にいる学生へ声をかける。

「ねぇ、小論文が落ちていたら、多分ジャスミンのだから！　見つけたら声をかけて！」

茉莉花が一人で探している横で、イルは迷わず他の学生に助けを求めてくれた。

「絶対に小論文があったと言えるのは、いつ、どこ？」

イルの質問に、茉莉花は記憶を探りながら答える。

「朝、この教室で読み返したわ。それからはずっとこの教室に置いていて……」

「……うーん、念のために寮の部屋を探しに行く？　時間はまだあるし」

茉莉花は、今朝から夕方までの出来事を順番に頭の中で追っていく。

朝、寮の部屋で今日使う教本を確認し、小論文を重ねて置き、授業を受けた。昼休みのときにこの教室で読み返した。机に教本と小論文を重ねて置き、授業を受けた。昼休みのときに教本と小論文を置いたまま食堂に行き、戻ってきた。それからはずっと教室にいた。

小論文の上に置いていた教本を手に取ったとき、小論文の前後にわずかな隙間ができて、するりとどこかへ落ちていった可能性は充分にある。

他にも、昼休みに誰かが茉莉花の教本をこっそり借りていき、気づかずに一緒にもっていったなんてこともあったかもしれない。

(嫌がらせはないと思うけれど……。科挙試験と違って、決まった人数が進級できるというわけでもないから……)

ひとつひとつの可能性を丁寧に潰していくのは、あまりにも効率が悪い。

優先順位を決めて調べていくか、それとも……。

「どうする？」

イルに尋ねられ、茉莉花は最も確実な方法を選ぶことにした。

「もう一度小論文を書くわ。探しても出てこないかもしれないから」

茉莉花は筆記具を取り出し、手にもつ。

その横で、イルが眼を円くした。

「今から書くの⁉　小論文だよ⁉　まさか書いたものを全部覚えているの⁉」

「えーっと、……そんな、全部は無理よ。今から新しい論述をつくるから大丈夫！」

皓茉莉花なら、昨日の夜に書いた小論文を完璧に覚えていて、翌日に一言一句同じ内容の小論文を書くことが可能だ。しかし、今の自分はジャスミンである。そこまで物覚えがいいわけではない。

（なくした小論文が出てきたときに見比べられたら困るわ。わたしと皓茉莉花を連想させるようなことは、絶対にしてはならない）

難しい問題ではなかったので、別視点からの答えをつくることはできるし、今からなら見直すこともできるだろう。

「ええ……？」

イルは戸惑いながらも「落としものが届けられていないかを、先生に確認してくる！」と言って教室を飛び出した。茉莉花はありがとうと叫んだあと、書くことに集中する。

小論文は、ある程度の決まった形がある。

それに従って頭の中でざっと書き、文章を整え、綺麗に収まるかを確認した。

ここまで終わればあとは書くだけだ。ひたすら手を動かす。

「ジャスミン、先生に聞いてみたけど、落としものの中に小論文はなかったって。それからついでに食堂も見てきたけれど、そこにもなかっ……」

茉莉花が書き上げた小論文の誤字脱字を確認していると、イルが大声を出した。

「小論文、見つかったの!?」

「見つからなかったわ。これは新しく書き上げた方の小論文よ」

茉莉花は、インクと呼ばれる墨が早く乾きますように、と女神に祈る。

「新しく書き上げたって……嘘、本当に……!?」

「間に合ってよかった。あ、まだなにがあるかわからないから、油断してはいけないわね。傭兵は常に周りへ気をつけるようにと習ったもの」

ほっとするのはまだ早いと、茉莉花は気を引きしめる。

「イル、探しに行ってくれてありがとう。わたし、提出してくるわね」

茉莉花は、二回も落としたくはないと、小論文をもって早足で歩いた。


イルは資料室と書かれた部屋の扉を四回叩く。

中からアシナの「どうしましたか」という声が聞こえてきたので、決められている言葉をくちにした。

「イルです。先生に渡してくださいと頼まれた採点済みの作文があります」

「どうぞ。入ってください」

アシナの許可を得たイルは、ため息をつきながら部屋に入り、手にもっていた紙を机の上に置いた。

「……失敗した」

「なにをですか？」

「ジャスミンの進級試験の妨害だよ。小論文を隠して、どこを探すのかを見ておけと言われたのに、できなかったんだ。これが抜き取った方のジャスミンの小論文。こっちを評価してあげてね」

アシナは、机に置かれた紙を手に取る。

「こっちを評価というのは……どういうことですか？」

「小論文を抜き取って、ジャスミン本人がなくなっていることに気づいたところまでは順調だったんだ。でも、ジャスミンは探すより書き直す方が早いって言い出して、あっという間に新しい小論文をつくっちゃった。見直す余裕もなかった答えを採点するなんて、可哀想じゃないか」

アシナはなるほどと呟き、息を吐いた。

「ジャスミンは寮に戻らなかったんですね」

「そう。慌てているときは本性が出る、ってことだったのに、それ以前の問題だよ。せめて抜き取った小論文を返したかったんだけれど、ジャスミンが新しく書いた方をすぐに提出しちゃったから、それもできなかったんだよね」

想定外が続いてしまったことで、作戦の修正が間に合わなかった。

イルにできるのは、アシナにこのことを報告し、抜き取った方の小論文の評価をしてほしいと頼むことだけである。

「新しく書いた方……。ジャスミンは記憶力のいい人なのかもしれませんね。一言一句そのままというわけにはいかないでしょうけれど、細かいところまで覚えていられたら、似たようなものはすぐに書けますから」

アシナは、詰めが甘い作戦を立ててしまったと反省した。ジャスミンの記憶力を事前に確認すべきだったのだ。

「頭のいい人ってそんなことができるんだ。すごいね」

「それでもジャスミンの答案は、勿論最初に書いた方を評価して……」

アシナは、最初に書いた方の小論文を読んでみる。とてもよくできていた。教師が模範解答をつくったかのような内容だ。彼女にとって二年生の授業は、あくびが出るのを押し殺すだけの時間だっただろう。

「こちらが急いで書いた方の小論文ですね」

アシナは、誤字脱字があるかもしれない方の小論文を読み、驚いた。慌てて最初に書いた方を手に取り、見比べてみる。

「内容が……まったく違う⁉」

アシナはどういうことだと、急いで書いた方の小論文をもう一度しっかり読む。

最初に書いた方と同じく、とても深く考えられていて、矛盾もなく、最高評価を与えることができる内容だった。

「……あ、そういえばジャスミンが、内容を全部覚えているわけじゃないから、新しく書くって言ってた」

イルはそうだったと明るく笑うけれど、アシナは笑えない。

彼女は小論文をなくして焦っていたはずだ。完成度の高いまったく別の新しい答えをすぐに用意できてしまうなんて、信じられない。

──すごい。ジャスミンは答えをいくつもつくり、その中から一番評価されるものを選んでいるのか。

優秀な人は、どこかにこだわりというものをもっている。しかし、ジャスミンにはそのこだわりがない。それだけではなく、他人からの評価を意識している。

(……使える人材だ)

集団の中にジャスミンのような人が一人でもいてくれたら、その集団は最大限の力を発揮できるだろう。

「イル、ジャスミンをよく見ておいてください」

「見てるって。でも、間諜って感じが本当にしなくてさ。間諜ならもっと寮をうろうろしたり、先生と接点をつくろうとしたりするでしょ。そういうことをしないんだよね」

真面目に勉強をしたり、読書をしたり、暇なときに他の生徒へ勉強を教えたり、談話室で雑談したり……、ジャスミンが間諜だとしたら、あまりにもやる気がない。

きっと彼女は、本当に『普通の優秀な人』なのだろう。このままバシュルク国の傭兵になってほしい。

「ジャスミンは異国でつらい思いをして、ここに流れ着いて、ようやく勉学に励むことができた人です……。できる限りのことをしてあげたいですね」

「アシナのお気に入りってそういう人ばかりだよね。苦労人ががんばっているってやつ。はいはい、こっちに絶対引き入れたいってことね。このまま仲よくして、好みや家族背景を把握しておけってことでしょう？」

「頼みますよ。ジャスミンは使えます」

ジャスミンは明日、三年生になる。軍事の知識、薬学の知識、経理の知識……様々な可能性の中から、どの道を選ぶのだろうか。

「そうだな……」

この先は遠くから眺めるのではなく、自分がすぐ傍で見守るのもいいだろう。イルは二年生で、もうジャスミンにずっと張りつくことはできないのだ。

子星は西の空を眺め、茉莉花がどうしているかを想像していた。

「きっと無事に入学できて、茉莉花さんらしく人の観察に励んでいる最中でしょうね」

元々、茉莉花の観察能力は人一倍優れている。見る力も並以上だけれど、なによりも分析する力が桁違いだ。

「『なんでも覚えていられる』は、多くのものを同時に扱えてしまう」

普通の人は、細かい飾りがついている宝飾品を磨くとき、飾りを一つ外し、それを磨いて元に戻し、また別のを外す……を繰り返す。そうしないと、元に戻せなくなる。

しかし、茉莉花はもっと効率のいい方法を知っている。最初にすべてを分解して、徹底的に磨いてから一気に組み立ててしまう。どこになにがあったのかを正確に記憶できていないと、できないことだ。そして、このやり方には、大きな利点があった。

「分解したものを、手に乗せて比較することができる。飾りのへこみが彫刻なのか傷なのかを判断できるようになる。彼女の分析は、他の人とは明らかに精度が違いますよ」

今は皆を『分解している』ところだろう。うっかりそれに気づいてしまった者は、自分がみじん切りにされているような気持ちを味わうはずだ。

ちょっとした恐怖ですよねぇ……と、名前も知らないバシュルク人たちに同情した。

第三章

茉莉花が「三年生に上がる」という話をイルにしたら、イルは大喜びしてくれた。そして、そのお祝いをするために街へ出ることになった。

「寒い……！」

外に出た途端、茉莉花の身体に冷たい風が吹きつけてくる。雪も舞っている。

黒槐国も寒いと思っていたけれど、あの寒さとは種類が違う気がした。ここはとにかく風が強く、体温が奪われる。

「ジャスミンは部屋に閉じこもりすぎ。たまには動いた方がいいよ！」

「春になったらもう少し動くわ……」

分厚い外套があっても、わずかな隙間から冷気が入りこんでくる。

茉莉花は寒い寒いと身体を震わせながら、イルの案内に従って街を歩いた。

（街の様子は、出入りしている商人の報告通りみたい）

色々な国の様式が混じる建物は、風を入れないように隙間を漆喰で埋めている。

二重窓と呼ばれる窓は、明るいときは外側の扉を開け、暗くなったら必ず閉める。内側の窓に貼りつけてある油を染みこませた羊皮紙だけでは、風を防げないからだ。

「ジャスミン、どうかしたの？」

「……家の形が違うから、驚いてしまって」

間諜として疑われないように、街を必要以上に観察してはいけないのだけれど、それでも見慣れぬものが多くてつい足を止めてしまった。

「そんなに違う？」

「うん。どこにも回廊がないのね」

茉莉花が、外に廊下があって……という説明をすると、うえっとイルが呻いた。

「雪が積もって大変だよ。そっか、冬に雪が降らないところもあるんだ。すごく不思議」

「わたしからすると、溶けない雪というものが不思議ね」

「日陰の雪は春になってもまだ残るよ」

互いの国の常識というものを教え合いながら店の扉を開ける。店の中に入った途端、暖かさに包まれほっとした。

「二人です……って、あ、アシナだ！」

イルが店員に声をかけたとき、ちょうど知り合いを見つけたらしい。

二十代半ばの青年が、イルの声に気づいて立ち上がる。そして、茉莉花を見て誰だろうという顔になった。

「ちょうどいいや。紹介するよ」

店の人に「相席で」とイルは言い、茉莉花を連れて『アシナ』という青年が座っている机に向かう。

アシナは神経質そうな雰囲気の人だけれど、礼儀正しい人でもあるらしい。初対面の茉莉花へわずかに微笑んでくれた。

「座って座って。アシナ、同室になったジャスミン・ラクテス。赤奏国からサーラ国に移り住んで、それからバシュルクまできたんだって。頭がすごくよくてさ。もう三年生になっちゃった」

「初めまして、ジャスミン・ラクテスです」

頭を丁寧に下げれば、アシナは手を差し出してきた。

「こちらこそ初めまして。アシナリシュ・テュラです。アシナでいいですよ」

「えっと、……よろしくお願いします、アシナ」

茉莉花は慌てて手を握り返す。異国の挨拶はまだ慣れない。

「ジャスミン、アシナは三年生なんだ。色々教えてもらうといいよ」

アシナの年齢で三年生なら、傭兵部隊でかなり活躍していて、部隊長になるために編入してきた人だ。握った手も厚くて硬かった。

「学校には慣れましたか？」

アシナは冷たそうな人に見えるけれど、性格は穏やからしい。面倒見もよさそうだ。

茉莉花はほっとしながら、『ジャスミン』としての答えをくちにした。

「自信をなくしてしまいました。そのうち寒さに慣れると思っていたんですけれど……」

「えっ、そこなの⁉」

イルの驚く声に、まだ分厚い外套を脱げない茉莉花は頷く。

「父と旅をしたことがあったので、野営実習もなんとかなるつもりでいました。ですが、この寒さの中、外を歩くのは無理そうです」

茉莉花が不安を零せば、アシナは身を乗り出してきた。

「ジャスミン、後方支援に回るのなら、実習は見るだけでも大丈夫です。移動のときも馬車に乗っていればいいですから」

アシナが励ましてくれる横で、茉莉花はどうかなぁと首をかしげながら出されたスープを両手でもつ。火傷しそうな熱さだったので、何度も息を吹きかけた。

「アシナは、……もう傭兵なんですよね？」

「はい。できることを増やすために、また学校に通っているところです」

「アシナはもうあちこちの国に行ってるんだよね。いいなぁ」

温かい食事と、穏やかな会話。

アシナの傭兵の話に、茉莉花は違和感をもたれないように気をつけながら受け答えをする。

「傭兵になると、色々な国に行けるんですね」

「はい。ですが、女性は首都の防衛部隊か衛生部隊のどちらかにしか配属されません。防衛部隊だったら、あちこちに行くことはできませんね」

「私はあちこちにも行きたいな～」

残念そうにしているイルに、茉莉花は当たり前の疑問をくちにした。

「商人になれば色々な国に行けるけれど、イルは商人になる気はないの？」

それもいいな、という言葉がイルから出てくると思ったのに、イルは「まさか」と笑い飛ばした。

「やっぱり傭兵じゃないと！　傭兵になって十年働けば内側に住めるからね！」

傭兵になれば給料がいい。だからみんながなりたがっている。そのことは茉莉花も理解していた。しかし、住む場所が違うから傭兵を選ぶという感覚は、よくわからない。

（白楼国の首都も、月長城に近ければ近いほど、立派なお屋敷ばかりになるけれど……）

職場に近いと便利だな、ぐらいにしか思っていなかった。それはやはり名誉とか、そういう意識の問題なのだろうか。

「内側に住むとなにかいいことがあるの？」

茉莉花が首をかしげれば、イルは当たり前だよと拳を握る。

「内側（イネン）の方が絶対に住みやすい！」

イルの説明だと言葉が足りない。アシナは苦笑（くしょう）しつつ、説明をつけ足してくれた。

「外側（アオセン）は、住人が多くなってからつくられた街なんです。なにも考えずに家を建ててしまった時期があって、そのせいで道幅（みちはば）が狭（せま）くなっているところもありますし、回り道しなければならない部分も多いんです」

山を利用した要塞（ようさい）都市のため、あちこちに階段をつくることになったり、坂道や曲がりくねった道ができてしまったりしても当然だ。しかしアシナの言い方だと、内側（イネン）の道はどうやらかなり整備されているらしい。

「それに内側（イネン）だけの病院もあるしね」

「他にも、除雪作業のための水路も多くあります。ジャスミンも寮（りょう）の除雪作業を手伝ったら、雪かきがどれだけ大変なのかわかると思いますよ。楽しみにしていてください」

イルとアシナの話を聞いていると、どきっとする言葉がときどき出てくる。

（内側（イネン）専用の病院、内側（イネン）にはあって外側（アオセン）にはない水路……）

なにもおかしい話ではない。首都と地方では街の設備が当然違うし、首都でも整備されているところとされていないところがある。

しかし、二人の話し方や言葉の選び方から、それ以上のものを感じた。

（わたしにとっての『傭兵』と、イルやアシナにとっての『傭兵』は、意味が違う。傭兵

は国を守る名誉ある大事な仕事だけれど、それだけではないのかも）

──『特権階級』。

そんな言葉がふと頭の中に浮かび上がってきた。

この国では、傭兵とそうではない者たちが、明らかに区別されている。

（特権が与えられている職業自体は、珍しいものではない。白楼国にも官吏という特権階級が存在している）

白楼国の官吏は、いい暮らしをすることができる。しかし、官吏よりも稼げている商人や職人、医者や教師もいるだろう。官吏にならなければいい暮らしができないというわけではない。

（バシュルク国は、傭兵業を続けていかないと、国というものが保てない。言い換えれば、傭兵のなり手がいなければ、国が行き詰まるということ。……傭兵になりたいという若者を増やしたいのなら、この格差がどうしても必要になる）

バシュルク国には意識してつくられた『区別』があり、皆はこの区別を当たり前だと思って生きている。

（わたしは傭兵学校に入学して、傭兵になる人やなった人に囲まれている。『成功した人』のことしか知らない）

この国には、傭兵になれなかった人もたくさんいるはずだ。

その人たちは——……どんな思いを抱えて生きているのだろうか。

「ユールの蝋燭だよ。もらっていって。学年が上がったお祝いだと聞こえたからね」

茉莉花たちは店を出るときに、店員から葉の飾りがついた赤い蝋燭をもらう。

「がんばってね。傭兵さんがいないと、この店も続けられないんだからさ」

茉莉花は、励ましの言葉になにかの重みを感じながらも、笑顔で蝋燭を受け取った。

店を出てから、イルに『ユール』の説明を求める。冬の祝祭ということは知ってはいるけれど、知らないふりをした方がいいだろう。

「ユールはね、冬の祝祭だよ。精霊や魔女、死神や死者が力を増す日なんだ。悪さをするものをご馳走でもてなして、魂を食べられないようにするんだよ」

「寮でもユールを祝うの？」

「そう。ユールの三日前から、赤い蝋燭を一本ずつ灯していく。ユールの夜は三本の蝋燭に火をつける。この葉っぱは魔除けなんだ」

——ユールの日は、みんなで歌ったり、贈りものを交換したりする。

イルの楽しそうな表情を見ていると、バシュルク国の人にとってとても大事な祝祭であることが、茉莉花にも伝わってきた。

「ユールがもうすぐということは、そろそろ商人の足も遠のくということです。いつものころから大雪になりますからね。ユールがくる前に色々なものを買っておいた方がいいですよ。仕入れができなくなりますから」

「ペンとインク……！」

茉莉花が声を上げれば、茉莉花の手をイルが掴む。

「よし、ついでに買っていこう！」

いってらっしゃいとアシナが手を振った。

茉莉花は慌ててアシナに手を振り返す。

「……あ、雪」

ひらひらと細かな雪が落ちてきたので、つい灰色の空を見上げてしまう。黒槐国でも雪をよく見かけたけれど、バシュルク国の雪は黒槐国の雪よりも細かく、手でぎゅっと握っても固まらず、砂のように手からこぼれていった。

「ジャスミン、雪が好きだよね。でもすぐに見飽きると思うな」

イルが行こうと促す。階段を上がったり下がったり、ぐるりと道を曲がったり、アシナが言っていた通り、目的地へまっすぐに向かうことができなかった。

さらさらの雪が積もっているところはいいけれど、中途半端に残っていてそれが固まっているところは、滑りそうで怖い。

「きゃっ！」

気をつけていても、足の裏がずるっと動く。

イルが慌てて茉莉花の腕（うで）を摑（つか）み、力を入れて支えてくれた。

「このぐらいで転んでいたら、毎日転ばないといけないよ。ジャスミンは早く傭兵になって、内側（イネン）に家をもった方がいいかも。内側（イネン）の道路、もっと歩きやすいんだ。それに、内側（イネン）は安全だしね。といっても、首都に攻めこんでくる軍隊なんてないんだけれどさ」

あははと笑うイルに、茉莉花はそうねと笑った。

滑らないように気をつけながら歩きつつ、横にある建物をちらりと見る。

（狭い道幅やあちこちにある階段。水路がわざとつくられていない。急いで建てられた木造の家は二重窓になっていて、油を染みこませた羊皮紙を貼っている。絶対に攻めこまれないという自信。……首都の攻略（こうりゃく）は難しいと思っていたけれど、冬の乾（かわ）いた強い風があれば——……外側（アオセン）の攻略は簡単にできそう。でも、外側（アオセン）だけを攻略しても意味はない）

内側（イネン）の攻略は、情報が足りなくて難しい。四年生で行われるかもしれない研修を待つしかないだろう。

三年生の授業では、より実践的で専門的な知識を学ぶことになる。

教本の種類が増えて分厚くなり、覚えればそれでいいという授業がなくなった。

（医学や薬草学は初めてだけれど、知らないことばかりで楽しい。折角だし、ここで医学を本格的に学んでみるのもいいかも）

人を助けられる知識は、いくらあってもいい。

茉莉花は文官だけれど、仕事で戦場に行くこともある。安全な場所でなにもできずに座っているよりも、安全な場所で少しでも手当てができる方がいい。

「ジャスミン、今日の授業はどうでしたか？」

授業後、同じ三年生であるアシナが教室に入ってきて、茉莉花に話しかけてきた。

アシナは茉莉花よりもっと先の授業を受けていて、同じ教室になることはほとんどないのだけれど、わざわざ様子を見にきてくれたらしい。

「まずは単語を覚えることから始めようと思います」

茉莉花は、会話に必要なバシュルク語は覚えたけれど、専門用語になると手も足も出ない。今日はよくわからないまま授業を聞いてしまったので、わからなかった単語を今夜中にしっかり調べるつもりだ。

「よかったら手伝いましょうか？　医学はそこまで得意ではありませんが、単語の説明ぐらいはできると思います」

「いいんですか⁉」

「はい。僕の復習にもなりますから。でも、上手く説明できないものもあるので、そのときは一緒に悩んでくださいね」

この学校特有の、教え合うことを嫌がらない雰囲気がありがたい。

茉莉花はアシナと一緒に教本を広げ、授業で出てきた単語をひとつひとつ確認していく。

「ここは……」

「脈が乱れることです。速い遅いではなく、一定ではない……わかりますか？」

「はい。なら次は……」

三年生で教えられる医学は、二年生の衛生学で学ぶ応急処置よりもさらに一歩進み、病気や怪我の原因とその結果、きちんとした処置の仕方を学ぶ。

怪我人や病人を抱えたまま動くのか、待機するのか、それとも撤退するのか。部隊長として正しい判断をするためには、多くの知識が必要なのだ。

茉莉花は、アシナの説明をせっせと紙に書き写していく。

「医学は好きですか？」

「まだわかりませんが……、自分の手で誰かを助けることができるのは、とても誇らしいことだと思います」

前に珀陽から「君ならなんだってなれるだろう。文官でも、武官でも、医師でも薬師でも」と言われたことがある。あの言葉通り、医学の適性があるなら嬉しい。

「傭兵は、いつも衛生部隊に助けられています。彼らがいるから、僕たちは無事に故郷へ帰ることができる。……ジャスミンが医者になるのなら、力のある男性の助手をつけないといけませんね」

「力のある……？」

「医師は力仕事です。千切れかけた手足を斬り落としたりとか……」

思わずその光景を想像してしまった茉莉花は、息を呑んだ。

文官の子星は、医者になることも考えたけれど、結局は文官になることを選んだと言っていた。その理由が『血が苦手』だったはずだ。あのときはそうなのかで終わらせてしまったけれど、今ならわかりますと子星の両手を握るだろう。

「わたし、医者に向いていないような気がします……」

真っ青になった茉莉花に、アシナは少し笑う。

「やっていくうちに慣れたり、いざとなったら使命感が働いて気にならなかったり、向いていないと思っていてもできるようになってしまう人もいますよ」

「それでもやっぱり向いていない気がします……」

茉莉花は首を振り、頭に残っていた想像を振り払う。

図書室に行くというアシナとはここで別れ、寮に向かうことにした。

「うう……寒い」

学舎から寮へ行くためには、一度外に出なければならない。外套を着てぶるりと身体を震わせた茉莉花は、寮までの小道を急いで歩く。

この小道は、風よけの大きな木が両側に植えられている。ここを通るときだけは、どこからも見られずにすむのだ。

「この学校、怖すぎるわ……」

同室のイルは、明るくてとてもいい子だ。しかし、茉莉花の監視役らしく、ときどきこっそり茉莉花の荷物をあさっている。茉莉花の教本や課題を開いて、なにか余計なことを書いていないかを見ているのだろう。

(お金が一度も減っていないから、お金目的ではないことはたしかね)

茉莉花だから、片付けたときと荷物の位置がほんの少し違うことに気づけるのだ。イルは気づかれたことに気づいていないだろう。

「おまけにイルだけではなくて……」

イルからごく自然に紹介された、アシナリシュ・テュラ。

最初は同じ三年生だとしか思わなかった。けれども、専門用語を教えてもらっているときに、アシナは茉莉花の字をじっと見つめていた。茉莉花の字の癖から、どこの国からきたのかを探っていたのだろう。

──『見る』は『探る』に近いものです。茉莉花さんは軽く見るだけでも完璧に覚えることができるので、いつだって『見る』で終わらせてください。

子星の助言通り、なんでも見すぎることのないようにしている。自分が意識しているから、人の視線も意識できたのだろう。その結果、イルとアシナが常に自分を見ていることに気づいてしまったのだ。

「……本当に怖い」

バシュルク国の人は、茉莉花を常に見張り、すべてを明らかにしようとしている。気を張り続けるのも大変だ。イルが部屋にいないときぐらいは、なにも考えずにゆっくりしよう。

冬の祝祭であるユールは、明るい時間が一年で最も短くなる日だと決まっている。ユールの日は、太陽の力が一番弱まるため、精霊や魔女、幽霊や死神の力が強くなり、昼間からうろついている。

人間は、これらの悪いものに魂を食べられないようご馳走をつくってもてなし、夜になると魔除けの蝋燭に火をつけておかなければならない。

いよいよユールまであと三日というとき、茉莉花はアシナからユールの日の『遊び』について教えてもらった。

「鈴を奪い合う『鈴取り』？」

「三人一組になって部隊をつくり、部隊ごとに鈴を一つもちます。この鈴取りに使うのは学校の廊下のみです。より多くの鈴を集めた部隊が優勝です」

「同じ個数の組が複数あった場合はどうなるんですか？」

「優勝賞品を山分けしますね。遊びなので、文句は出ません」

子どもの気持ちになって、みんなで楽しく遊ぶ。その光景が簡単に想像できた。

しかし、茉莉花は寮の談話室でのんびり書物を読みたい派だ。参加しても寒いし、この学校で一番足が遅い自信もあるので、参加させてくれる部隊もないだろう。

「ちなみに、優勝賞品は薪です」

「薪……!?」

「あればあるだけ、この冬が暖かく過ごせますからね」

冬季休みのときに家へもち帰れば喜ばれますし、とアシナは言う。

「それで、折角ですから、イルと参加しようという話をしていて、よかったらジャスミンも一緒に……」

「やります！　参加させてください！」

ユールの日から冬季休みが始まる。茉莉花は実家に帰らないという設定にしているけれど、これは少数派らしい。みんなは新年を家族と過ごすために、首都の外に出たり、首都にある家へ戻ったりするのだと聞いていた。

寮にいる人が減れば、談話室の暖炉の薪を節約されてしまうだろう。それはとても困ると、茉莉花はやる気を出す。

「では、あとでイルと一緒に作戦会議をしましょうか。……その前に、今日は経理の授業があったはずですけれど、どうでしたか？」

「いくつか単語の確認をさせてもらってもいいですか？　意味はなんとなくわかるんですけれど、思い込みもあると思いますから」

アシナは茉莉花の監視役だ。茉莉花と接点をもつために、鈴取りの遊びに誘ってくれたり、バシュルク語を教えてくれたりしている。利用してしまって申し訳ないという気持ちと、とてもありがたいという気持ちが、いつも茉莉花の中にあった。

「この単語なんですが、買値と売値の……」

自分なりの解釈を茉莉花が言えば、アシナが丁寧に解説をつけ加えてくれる。

一通りわからないところの確認を終えたあと、茉莉花は書き終わっていた論述の課題を手に取った。

「ありがとうございます。今日はこれを元に課題を直してみます。とりあえずできるところまで進めておいたんですけれど、言葉の理解ができていない状態で書いても、直すところが多くなるだけですね」

「やる気があるということは、傭兵にとって大事にすべき才能です。この課題を読んでみてもいいですか？」

「単語の意味が間違っているところもあるので……！」

それはちょっと、と茉莉花は断るつもりで言ったのだけれど、アシナはまあまあと強引に課題を奪っていってしまった。おそらく、課題以外の文字がないかを確認しておきたいのだろう。アシナこそ、監視役としてのやる気が充分で、才能がある。

「市場均衡の問題ですね」

とりあえず書いてみようというものだったので、字が汚い。前に見たアシナの字がとても綺麗だったので、茉莉花は字を見られるということすら恥ずかしくなってしまった。

「……三つ？」

アシナが小論文を読み終わると、驚きの声を上げる。

「これは……よりよくしていったというわけではなさそうですね。どうして視点の違う答えを三つも用意するんですか？」

意味がわからないと首をかしげるアシナに、茉莉花は微笑んだ。

「昨日のわたしを超えたかったんです」

アシナは、茉莉花の言葉をじっくり考え、理解しようとする。

「つまり、答えをよりよくするのではなく、自分の能力をよりよくしよう……と？」

「はい」

自分の限界を超えるために、昨日の自分を好敵手にして、負けたくないと努力する。

茉莉花は最後の部分しかくちにしなかったけれど、アシナには意味が通じたようだ。

「前に赤奏国の学校に行っていたという話をしていましたよね？」

「そうです。府学まで行きました。府学というのは……バシュルク風に直すと、傭兵学校の三年生の範囲を学ぶところですね」

赤奏国の府学の記録を調べたら、ジャスミン・ラクテス——献翡翠が通っていたということになっている。

献翡翠は、ジャスミンの本当の名前だ。翡翠は貴重で理想的な贈りものだと言われているので、叉羅国に移住したときに叉羅語で『神の贈りもの』という意味がある『ジャスミン』を名前として使うことにした、という設定にしてある。

（偽名をどうするのか、すごく悩んだけれど……）

ジャスミンという名前と茉莉花という名前は、叉羅語と白楼語を知っていたら、すぐに連想できてしまう。ならば、とまったく違う名前をつけてしまうと、考えごとをしている最中に呼ばれてしまったら、すぐ振り返れないという危険性がある。

本名を連想できる偽名と、本名とまったく異なる偽名。どちらにもよい面と悪い面があるので、茉莉花は「ジャスミンと白楼国の皓茉莉花は別人だ」と言いきることにした。

「貴女はフガクというところで、かなり優秀だったのではありませんか？」

「そう……でしょうか。父が商人だったこともあって、わたしは算学を得意としていましたけれど、わたしより優秀だった人はたくさんいましたよ」

献翡翠の成績も、きちんと記録されている。父が商人という設定に合わせておいた。

「赤奏国は、国に仕える者たちを文官と武官という二種類に分けていて、文官は軍事に関する知識をほとんど学ばないと聞きましたが、本当ですか？」

「本当です。一応、歴史の時間にどのような戦があったのかは学びます」

文官と武官という区別がなく、すべてを『傭兵』にするバシュルク国。

アシナはどうして文官と武官の二つに分けてしまったのかと思っているだろうけれど、茉莉花はなぜバシュルク国は二種類の学校をつくらないのかと思っている。

「わたしは軍事のことをよく知らないので、まずは用語を覚えるところからですね。活躍している皆さんに追いつけるようがんばります」

茉莉花の言葉を聞いて、アシナは眼を細めた。それからすぐわずかに表情を柔らかくし、

「がんばってくださいね」とごまかすように言う。

（……やっぱり、疑われているのかな）

アシナが自分のどの部分にひっかかっているのか、茉莉花にはわからない。知るためには、アシナのことをもっと理解する必要があるだろう。

(アシナは多分、かなり優秀な傭兵だわ。みんなの視線がそう言っている)

学生たちの視線が、アシナによく集まっている。きっと自分が知らないだけで、アシナは有名な人なのだ。その陰に隠れておけば、目立たずにすむだろう。

(それに、アシナの考え方を理解できれば、優秀な傭兵の考え方を理解したことにもなる。……監視されているのなら、逆にそれを利用したい)

まずは観察だ。アシナの言葉、表情、仕草、動き……すべてを細かく覚えておこう。


茉莉花は白楼国の間諜だ。自分を監視しているイルとアシナと部隊をつくり、一緒に遊ぶというのは、間諜としてありえない行動である。しかし、諜報活動をするためには、薪がどうしても必要なのだ。

「鈴取りの遊び方を教えてください」

やる気満々の茉莉花に、イルは珍しいと笑った。

「まずは基本ね。三人で一つの部隊をつくる。部隊には番号がつけられているよ。鈴を奪いに行く人を『攻撃』、鈴を守る人を『守備』、鈴をもっている人を『鈴もち』って呼ぶことを覚えて」

茉莉花がしっかり頷くのを見て、イルは説明を続けた。

「鈴もちは、赤い紐をつけた鈴を左の手首に結んでおく。これはすぐに外れる引き解け結びにしておかないと駄目。鈴もちのほとんどは、足が速い人」

なるほど、と茉莉花はアシナを見る。イルかアシナ、どちらかが鈴もちになりそうだ。

「鈴もちと守備はできるだけ一緒に行動する。他の部隊の攻撃に見つかったら、守備は攻撃を妨害し、その間に鈴もちが逃げる。鈴もちが一人だとただ逃げるだけになるから、事前にどこで再集合するかを必ず決めておくんだ」

「なら、鈴もちは『見つからないこと』が大切なのね」

茉莉花は、頭の中に傭兵学校をつくってみる。

そこに話したことがある生徒を置き、動かしてみた。

今のところ、移動する攻撃と移動する鈴もちが出会えるかどうかは、運次第だ。

「鈴を奪われた部隊は、その時点で戦線離脱。あちこちに立っている先生に申告して、部隊番号の数だけ鐘を鳴らしてもらうんだ。攻撃は、自分の部隊番号の回数の鐘が鳴ったら攻撃を終了する。でも奪った鈴はそのままもっていて大丈夫」

「最後の最後に、鈴を最も多くもっている部隊の鈴もちを襲えばいいという遊びではないのね」

「そういうこと。とにかく最初に鈴をたくさん奪ってしまうことが大事。だって、段々奪える鈴がなくなっていくからさ」

「守備も大事だけれど、攻撃はもっと大事……」

茉莉花の頭の中にいる学生たちが、鈴を奪おうとして走り回っていた。

運悪く鈴もちになかなか出会えない攻撃がいたり、鈴もち同士がばったり出会って互いの鈴を奪おうとしたり、上手く守備と合流できずに逃げ回っている鈴もちもいる。

（足が速い人を揃えたら勝てるという遊びでもなさそう）

勿論、逃げきれる足があるかどうかは大事だ。しかし、走り回ればその分だけ体力を失うし、捕まりやすくなる。

「この三人なら、僕が攻撃で、足が速いイルが鈴もちで、ジャスミンが守備ですね。ジャスミンはイルを逃がすために、敵部隊の攻撃の動きを少しでも妨害してください。怪我をさせたら失格になるので、腕にしがみつくだけでもいいですよ」

この学校の生徒は、傭兵になって戦うことを決めた人ばかりである。そんな人たちの腕にしがみつくのは、茉莉花にとってあまりにも難しい。そして、一度駆け出されたら絶対に追いつけない自信があった。

（動いても動かなくても、見つかる確率は変わらないのよね。なら体力の温存を考えて、最初はイルと一緒にじっとしているのもいいかも……)

そのうち他の部隊の攻撃に見つかり、自分はイルに置いていかれ、まったく役に立たなくなるだろう。そして、自分の部隊番号の数の鐘が鳴るまで、イルを探してふらふらとさまようはずだ。まさにユールの亡霊(ぼうれい)である。

(この遊びで優勝したいのなら、早い段階で鈴を集めること。鈴もちは見つからないようにすること。なら……)

茉莉花は、優先するところと切り捨てるところを決める。一番大事なのは、足手まといになる自分を動かさないことだ。

「作戦を立ててみたのだけれど……」

茉莉花がどのような作戦なのかを説明すると、イルは「いいね!」と喜び、アシナはとても驚いていた。

ユールの日は、女神(めがみ)を信仰する大聖堂にみんなで入り、悪いものに魂を奪われませんように、と祈(いの)りを捧(ささ)げた。

それからいよいよ鈴取りだ。今回は十五組がユールの鈴取りに参加することになっている。つまり、八個の鈴を手に入れた時点で優勝できるのだ。

優勝賞品である薪をできるだけ多く手にしたい茉莉花は、単独優勝を狙っていた。

「では、作戦通りにお願いします」

「最初が一番大事だからね。アシナとがんばってくるよ」

「ええ、こちらは任せてください」

茉莉花の役割は鈴もちである。左手首には、鈴をつけた赤い紐が結ばれていた。鈴取り開始の合図が鳴る前に、三人で目的の場所まで移動し、必要な準備を急いでする。

イルとアシナは、二人とも『攻撃』だ。準備を終えれば茉莉花の傍にいる必要はないので、姿を隠しやすいところに移動した。

「鐘が鳴った……！」

一定の間隔で三回鳴ったら、鈴取り開始の合図だ。

イルとアシナは、他の部隊の足音を聞き取るために耳をすます。

「こっちに誰かきてる。……二人分の足音だ。ゆっくりだから、誰かに追われているわけでもなさそう」

イルの言葉に、アシナは頷く。二人なら鈴もちと守備の組み合わせで間違いないだろう。

「……じゃあ行くよ」

アシナとイル、どちらが鈴を取りにいくのかは、相手との距離や、相手によるとしか言いようがない。

二人は大きな柱に隠れてぎりぎりまで待ったあと、共に飛び出した。

「あっ、鈴もちだ！」

狙われた側は、突然現れたイルとアシナに驚きながらも、条件は同じだとすぐに体勢を立て直す。

一人で歩いているなら攻撃、二人で行動しているのなら鈴もちと守備だ。

同じように鈴もちと守備という組み合わせ同士なら、逃げるか争うかである。今回は争うことになった。

「残念！　こっちは二人とも攻撃なんだよね！」

イルは誤った判断をした敵部隊の二人に、にやりと笑う。

敵部隊は、イルかアシナのどちらかの手首にあるはずの鈴がないことに気づき、慌てて逃げようとしたけれど、もう遅かった。

「やったね！」

アシナが敵部隊の鈴もちの服の袖を摑んで動きを止め、イルが赤い紐の端をひっぱる。

赤い紐はあっさり解け、鈴はイルの手の中に収まった。

「一個目！」

イルが喜べば、敵部隊の二人は肩を落とす。

「どっちも攻撃だったのか……」

「まぁね！　作戦勝ちってことで」

鈴取りが始まった直後に戦線離脱してしまった二人は、最初だから三人一緒に行動していたのだろうと考えた。それならば近くに鈴もちもいるはずだけれど、見回しても鈴もちの姿が見えない。どういうことだ？　と首をかしげる。

「おい、イル……」

「次に行くからまたね！」

イルには、ゆっくり説明する余裕がなかった。鈴取りは、最初にどれだけ鈴を集められるかが鍵になるのだ。

イルとアシナは場所を変え、大きな柱の陰に隠れながら作戦会議を始める。

「イル、僕の右側にいて、できるだけ左手を隠してください」

「了解。私の左手に鈴があるように見せかけるってことね」

ここから先は、茉莉花の指示通り、いつもならあまり人がいないところをわざと選んで歩いていく。

——鈴もちは、敵部隊に見つかりたくありません。無意識にいつもだったら人がいないところへ向かうと思うんです。ただ走り回るよりも、効率よく鈴もちを探すべきです。

イルは珍しくやる気を出している茉莉花の様子を思い出し、笑いそうになってしまった。

「あっ！　いた！」

廊下を歩いていたら、一人で走ってくる男がいる。

イルとアシナは左手を上げ、どちらにも鈴がないことを教えてやった。

「なんだよ、走って損した。……うん？　お前らって同じ部隊じゃなかったのか？」

「そうだよ」

「もう鈴もちとはぐれたのか。このままついていくってのもいいな」

「残念、鈴もちは合流地点にいなかったんだよね」

敵部隊に見つかった鈴もちは、とにかく逃げなければならない。決められた合流地点にたどり着けても、そこに別の敵部隊がいたら、また逃げなければならなくなる。予定通りに鈴もちと守備が合流できず、ばらばらに行動してしまうこともよくあるのだ。

「二人対一人だと、獲物の取り合いのときに不利か。お互いがんばろうな」

敵部隊の男は冷静な判断をし、イルとアシナから離れていく。

そのとき、また別の足音が聞こえた。

「アシナ、向こうから足音」

「待ち伏せして一気にいきましょう」

柱の飾りに隠れ、これならいけるという範囲に入ってきた獲物に向かい、イルは駆け出す。それに合わせてアシナも飛び出した。

「もう半分以上が脱落(だつらく)したのか。今年は決着が早そうだなぁ」

審判役(しんぱんやく)の教師は、またもや鳴った鐘に驚く。

そもそも鈴取りは、前半戦が勝負なので、最初はよく鐘が鳴るものだ。しかし、それにしても多い気がした。

「鈴を取られた～。先生、第六部隊戦線離脱です」

「はい、お疲(つか)れ」

教師は窓を開け、庭小屋で焚(た)き火(び)をつくって待機している教師に声をかける。

「第六部隊脱落！」

焚き火の前にいる教師は、学校の鐘楼(しょうろう)のところにいる教師に声をかけ、鐘を六回鳴らしてもらった。

これで第六部隊の攻撃と守備に第六部隊の戦線離脱が伝わったはずだ。

「お前たち、誰に取られたんだ？」

「第八部隊のイルとアシナですよ。二人がかりで襲われたので、逃げきれませんでした」

この鈴取りは、学校の廊下と階段のみを使うことになっている。隠れる場所があまりないところで複数人に襲われたら、圧倒的(あっとうてき)に不利だ。

「アシナに誘導された先で、イルに待ち構えられてしまって……」

「足が速いイルと頭のいいアシナが組むと、敵なしだな」

教師は残念だったなと笑いながら、そういえばアシナとイルと同じ部隊になった三人目は誰だっけ……？　と記憶を探った。

「ああ、たしか……ジャスミン・ラクテスだ。久しぶりの外部生だったか」

この遊びに参加できる身体能力が彼女にあったのかと、少し驚いてしまった。


茉莉花は一人でずっと震えていた。

学校の廊下は寒い。外套を着ていても寒い。

（早く、早く、迎えにきてほしい……！）

がたがたと震えているので、手首につけている鈴が鳴ってしまいそうだ。

庭小屋の焚き火にあたりたい……と寒さから意識を必死にそらしていると、イルの声が聞こえた。

「ジャスミン、お待たせ！　八個取ったよ！」

「イル！」

身動きが取れない茉莉花は、返事をすることしかできない。

イルとアシナは、まず茉莉花の『頭』の部分を解放してくれた。

「アシナ、腕をお願い。私は足をやるから」

「わかりました」

茉莉花はやっと視界を取り戻すことができ、ほっとする。そして全身に重くのしかかっていた鎧が外されたとき、もう無理だと座りこんだ。

（うわぁ、床も冷たい……！）

イルがお疲れさまと笑いながら手を貸してくれる。遠慮なくその手にすがると、熱いぐらいだった。走り回っていたイルとアシナは、寒いと感じる暇がなかっただろう。

「それにしても……、よく考えましたね。甲冑の中に隠れるだなんて」

アシナは茉莉花の身体から外した甲冑を再び組み立て、位置を調節する。

教師にこのことを知られたら、説教だけですむかどうか怪しい。

「アシナたちにとって、この甲冑は風景という扱いでしたけれど、わたしにとってはとても珍しいものだったんです。これをつけるのは重そうだなといつも思っていたので……」

「で、実際につけてみてどうだった？」

イルがにやにやしながら聞いてくる。答えはもうわかっているはずだ。

「すごく重かったわ……。剣を杖にしていなかったら、立つこともできないぐらい。同じ姿勢でいられなくて、ときどき姿勢を変えたけれど、怪しまれなくてよかった」

「気づいた人にとっては、ちょっとした恐怖だよね。少しずつ体勢が変わる鎧！　まさにユールの日の出来事！　って感じ！」

イルは面白がって笑う。その声が聞こえたのか、足音が近づいてきた。

「見つけたぞ！」

他の部隊に見つかった茉莉花たちは、顔を見合わせて笑う。

茉莉花は左手首の赤い紐を解き、走ってきた男に鈴を差し出した。

「はい、どうぞ」

「えっ⁉」

「その鈴、もっていっていいよ。ジャスミン、アシナ、早く焚き火にあたりにいこう！

香辛料入りの葡萄酒がもらえるってさ」

イルの言葉に、茉莉花とアシナはそうしようと頷く。

茉莉花から鈴を受け取った男は、ぽかんとくちを開けてしまった。


優勝は、八個の鈴を手に入れた第八部隊だ。

茉莉花は優勝賞品の薪を手に入れることができて喜ぶ。これで寮にいる学生が少なくなっても、暖炉の炎は燃え続けてくれるだろう。

今日はユールで、寮でもご馳走が出る。食堂に集まった皆は、いつもより豪華な食事を楽しんだ。

「優勝のお祝いだ！」

茉莉花とイルとアシナは、今日の鈴取りの話で盛り上がる。

「やっぱりジャスミンが言った通り、普段あまり通らない場所に鈴もちがうろうろしてさ。最初の三つはそこであっさり取れたんだ！」

茉莉花たちの部隊は、鈴もちの茉莉花が甲冑の中に隠れるという、反則に限りなく近いことをした。

鈴もちを守らなくてもいいのなら、残り二人を攻撃に集中させることができる。あとは鈴もちを効率よく探すだけでいい。

初めは『見つかりたくない人は、無意識に人のいないところへ向かう』という習性を利用し、イルとアシナは鈴もちを待ち伏せることにした。そこで鈴を三個取った。

しばらくすると、あちこちで鈴もちと攻撃が遭遇し、鈴もちが逃げ回るようになった。鈴もちは、足の速さ勝負になる廊下よりも、階段か廊下かを選択できる場所に向かうだろう。そこでイルとアシナは、階段の踊り場で待ち伏せをすることにした。

茉莉花のこの作戦は見事に成功する。あっという間に過半数である八個の鈴を手にすることができた。

「鈴取りは小さいころからよくやってたんだよね。これ、傭兵としての適性があるかどうかもわかる遊びなんだって。ジャスミン、初めてでこれだけできるなんて、絶対に傭兵の適性あるよ！」

イルの言葉に、茉莉花は瞬きを二度した。

「小さいころから傭兵の適性があるかどうかを見ているの？」

驚いてしまったけれど、白楼国に生まれた男の子は、小さいころから四書の暗唱をさせられている。似たようなものなのかなとすぐに納得した。

「鈴取りって三人一組になるでしょ。傭兵は必ず部隊単位で動くから、鈴取りは集団行動の練習みたいなものなんだ。協力することが苦手な人は、傭兵に向いていないってことだし、最初のころはただの遊びでも、大きくなるにつれて必死になるんだよね。こんな風に楽しく遊べたの、久しぶりかも」

バシュルク国の子どもは、傭兵になれと言われて育つ。

傭兵になるための練習が、遊びの中に取り入れられている。

(文官を目指す白楼国の男の子に似ている。でも、どこかが決定的に違う)

文官になれない方が当たり前という感覚の白楼国の民と、傭兵になることが当たり前という感覚のバシュルク国の民。

白楼国と同じ感覚で考えてはいけない。

「イル、優勝おめでとう！　ずっと走り回ってたんじゃない？」

友だちに話しかけられたイルは立ち上がり、他の机に行ってしまう。

アシナと二人になった茉莉花は、少し緊張してきてしまった。

（でも、これはアシナの考え方を知る好機よね）

鈴取りで一緒の部隊になったおかげで、アシナの観察が進んだ。

――考えごとをするときに、視線が左下にいく。

――机があると左手を置く。右手はいつだって武器をもてるように空けてある。

――喋り出す前に瞬きを一度する。

――戸惑うと、左手の薬指が机をわずかにひっかく。

他にも色々ある。これらの細かな癖とそれができた理由は、ある程度理解できた。あとはアシナの心の中をもっと深く覗いていくだけだ。

「アシナ、他の部隊はどんな作戦を立てていましたか？　わたしは寒くて先に帰ってしまったので、みんなの話をまだ聞いていなくて……」

――アシナが瞬きをした。

「どの部隊も、鈴もちと守備を組み合わせ、攻撃を単独行動させていました。後半戦になったら、違う部隊の攻撃同士で手を組むこともあったようです」

「……あ、そういうのもありなんですね」

茉莉花は鈴取りの作戦の種類の多さに感心する。

敵部隊同士が手を組み、二つの鈴を手に入れたあと、一つずつもっていくということができるのは、約束は絶対に守るという傭兵の掟が身に染みついているからだろう。

「ですが、鈴を一つしか取れなかった場合、どうするかで揉めてしまいます。仲がよい者同士で、一つしか取れなくても揉めごとにならないという自信がない限り、同盟という方法はなかなか選べませんよ」

「鈴は割れませんからねぇ……」

同盟は、片方に大きな恩があるとか、別の報酬を用意するとかの、特殊な事情次第のようだ。もしも同盟を結ぶことになるのなら、鈴が多くある最初の方がいいだろう。

「アシナだったらどんな作戦を立てますか？」

――アシナの視線が、左下に向けられる。

「僕は普通の作戦ですよ。足が速いイルを鈴もちにして、見つかったらとにかく逃げてもらいます。ジャスミンには、少しでも攻撃の邪魔をしてくれるようにと祈りますね。それで僕は、一つでも多くの鈴を早め早めに取っていく……にするでしょう」

バシュルク人のアシナは、この遊びに慣れている。個人の能力が高ければ、能力を生かす作戦を選ぶようだ。

「アシナが攻撃なら、鈴もちをどこから探しにいきますか？」

――アシナの視線が、また左下に向けられた。

「やはり鈴もちにとって隠れやすいところですね。最初は階段に行きます。一番上の階から下がっていって、鈴もちを見つけたら飛び降り、一気に距離を縮めます」

「一番上の階から！　そういうやり方もあるんですね！」

階段を飛び降りるなんてことは、したこともしようと思ったこともなかった。茉莉花は新しい発想に眼を輝かせる。

「飛び降りるというのは、自分で思いついたものですか？　それとも誰かのを見て？」

――アシナの視線が、左下に向けられた。

「遊んでいるうちに自然と学んだ気がします。……ああ、そうか、身体が大きくなってきて、階段を一段ずつ駆け降りる方が大変になって、一段飛ばしで降りるようになって……その流れで自然とやるようになったのかもしれません」

身体の大きさによって階段の上り下りの方法が違うということに、気づいていなかった。考え方というのは、経験の他に、身体の成長も関わっている。覚えておこう。

「階段以外の場所ではどう攻めていきますか？」

「人間はとっさのとき、左を選ぶことが多いんです。逃げている鈴もちがいたら、左に曲がることを想定し、先回りをしますね」

「左を選ぶ……！　初めて知りました。アシナがこのことを知ったのはいつですか？」

「傭兵部隊に入ってからです。人を追いかけるときは左に逃げられることを意識し、自分が逃げるときは左を選ぼうとしてしまうことを意識しろと教えられました」

茉莉花は、先に左へ回るアシナと、ひたすら鈴もちを追いかけ続けるイルの連携を頭の中に思い浮かべてみる。きっとこの二人なら、効率よく挟み撃ちできるだろう。

「左で待ち伏せするときは……あ、狭いところで待つ方がいいですね。逃げにくくなりますから」

——アシナの左手の薬指が、机を軽くひっかく。

「そうですね」

「他の部隊に獲物を横取りされることもありますよね。対策はしていますか？　……あっ、そうさせないためにも、狭いところへあえて誘導することが大切なのかも」

——アシナは左手の薬指で、また机を軽くひっかく。

「逆に横取りすることもありますか？」

「運よくこちらに逃げてきた鈴もちがいたら、横取りしに行きます。敵部隊の攻撃を追いかける形になったら諦めますね。争っているときの一歩の差は大きいです」

「一歩の差は大きい……。先に動けるということは、本当に大事なんですね」

文官も、仕事を早く終わらせることを求められている。けれども、正確さを優先すべきときもある。この一歩の差というものに悔やむ経験は、なかなかない。

（傭兵は一瞬の判断を何度もしなければならない）

どうやってとっさの判断力というものを磨いているのだろうか。

——知りたい。傭兵を理解したいのなら、これはとても重要なところだ。

茉莉花は、アシナにもっと色々なことを尋ねることにした。頭の中でどこから聞こうかを考えていたら、アシナが瞳を揺らしたあと、瞬きをする。なにか言いたいことがあるらしい。

「……あの、ジャスミン。来年、貴女の作戦と似たような作戦を立てる部隊がいたら、もしくは鎧の中に隠れては駄目だという規則ができたら、どうするんですか？」

アシナの問いに、茉莉花は迷わず答える。

「また別の新しい作戦を用意します」

——アシナの左手の薬指が、机をひっかいた。

「新しい……、用意できるんですか？」

「新しい規則を適用して今すぐ鈴取りをすると言われたら、確実に勝てる別の作戦を用意できるかはわかりません。でも、明日ならなんとかしてみせます。明日のわたしは今日のわたしに勝たないといけませんから」

今日の自分は手強いだろう。それでも勝ちたい。

勝つためにも、アシナのようにとっさの判断力というものを磨いておきたかった。

「戦場でとっさの判断が求められる場面は、どのぐらいありましたか？」

——茉莉花が質問をすると、アシナの瞳が揺れる。

これは戸惑うとは少し違う。これはおそらく、もう一歩その先の……。

（『瞳が揺れる』は『不安』かな。本当は視線を外したいけれど、強い理性で感情を抑えこんでいる。……すごい人だわ）

アシナに質問をしすぎているのだと、茉莉花もわかっている。しかし、アシナの考え方が知りたいし、これは負の方向の感情を表す癖を読み取る好機でもある。茉莉花は、アシナからの「やめてほしい」の合図をあえて無視し、このまま質問し続けることにした。

「戦場で撤退の判断をするときは、それまでの流れが重要なんですね。決定的なことがあれば、それがきっかけになってくれますが、きっかけがなかったときは？」

「戦っている最中にできる一瞬の空白……、頭で立ち止まる瞬間があるんです」

「それは突然生まれるものなんですか？　それとも、音とか、歓声とか、アシナにとって空白を生み出す鍵があるんですか？」

アシナがとっさにしていることを、茉莉花は細かく分析していく。

茉莉花がアシナの理解を楽しんでいるのとは逆に、アシナは落ち着かない気分になる。

——なんだか、不安だ。

幼いころから賢いとか、勉強がよくできるとか、親から、教師から、友人から評価され、褒(ほ)められてきた。同じ学校に通っている友人から「答えを教えてくれ」と頼まれることもよくあった。

「どうしてこの答えになったんだ？」と、答えまでの過程を訊(き)かれることもあった。説明したら、納得されるか、難しくてわからないと嘆(なげ)かれるかのどちらかだ。

――どうしてその過程になったのかとさらに食らいついてくる人は、一人もいなかった。

（ジャスミンは……、子どもだ。分解を純粋に楽しんでいる）

花を指さし、なんだと問う。花の名前を知り、満足する。

花を分解し、こっちはなんだと問う。花びらという名前だと知り、満足する。

残った部分を分解して問う。雄(お)しべと雌(め)しべがあることを知り、満足する。

雄しべと雌しべにある黄色の粉はなんだと問う。花粉だと知り、満足する。

そして、花粉はなにでできているのかを問い……花粉は花粉だと答えられたら、それでは駄目だとより深い答えを求めるのだ。

（そうだ、僕は分解されている）

アシナはぞっとするような感覚を抱(いだ)く。自分にされている行為(こうい)は、もしかすると『分解』という言葉だけでは表現しきれないかもしれない。

――他人の思考を眼で見て、手のひらで掴んで触(さわ)り、指でなぞってつつき、息を吹きかけて反応を見る。

子どもが興味をもった生きものをちぎって細かくしていくときのような、純粋な好奇心。自分がその生きもの側にされるという経験は、これまでになかった。未知のものを前にしてしまったアシナは、恐ろしくなってしまう。

(ジャスミンは、『人』に興味をもち、『人』を学んでいる)

間諜ならば、バシュルク人やバシュルクの街というもっと大きなものを捉えようとする。アシナを徹底的に理解できたとしても、それは祖国のためにならない。

(なんのために……？　いや、好奇心に理由なんてないのかもしれない)

でも、このまま傍にいたら、頭の中をすべて分解されてしまう。そんな気がするのだ。

――せめてこの好奇心に、納得できる理由がほしい。

「ジャスミンは、僕に興味があるんですか？」

間諜なら、慌てて「そんなことはない」とごまかすはずだ。

アシナは、茉莉花からどんな反応が出てくるのかを見守る。

「興味……というか『遊び』なんです。アシナをつくって動かそうと思って」

「僕を？」

アシナにとって、予想外の答えが出てきた。

「はい。頭の中で街や人をつくって動かしているんです。赤奏国では、文官を目指す子どもにとって、当たり前の遊びなんですよ。バシュルク国の鈴取りみたいなものですね」

「……では、イルもつくっているんですか？」

「イルはいつも街を元気いっぱいに走っています」

人をまとめる立場にある者は、頭の中で人や部隊や物資を動かし、危険を察知したり結果を予想したりしている。アシナもよくやっていることだ。

（なるほど。異国では、そういう遊びで思考力を育てているのか。……ジャスミンの頭の中で、僕はどのぐらい正確に再現されているんだろうか）

アシナは、よくある遊びだと言われた途端、分解されていることが気にならなくなる。

そして今度は、有能な大人がこの遊びをしたらどうなるのかを知りたくなった。

「ジャスミン、明日もう一度、鈴取りをしませんか？　貴女と戦ってみたいんです」

「……明日、ですか？」

でも寒いし……と茉莉花が断りたいという雰囲気を見せると、アシナが笑う。

「戦ってくれるというのなら、食事をご馳走しますよ。あと、僕の薪もどうぞ」

食事と薪。わかりやすい餌をちらつかせることで、アシナは茉莉花から「それなら……」という返事を引き出した。

「ついでに、貴女の頭の中にいる僕がどんな作戦を立ててくるのかを、紙に記しておいてくれませんか？　明日の鈴取りが終わったら、その答え合わせをしましょう」

アシナの中では、ジャスミン・ラクテスが間諜かどうかということよりも、どれぐらい使えるのかということが重要になっていた。

　アシナが茉莉花に鈴取りで勝負したいと頼んだ話は、すぐに広まった。

　今年のユールの鈴取りであっさり負けてしまった者たちは、実家に帰る前にもう一度やりたいと思ったらしく、自分も参加させてほしいと言い出した。

　逆に、疲れたから二回目はもういいと言う者には、アシナが優勝したら食事を奢るからと約束してやる気を出させ、本気の遊びという空気をもう一度つくり出していく。

「イルがわたしの部隊に入ってくれてよかったわ」

　茉莉花は、部隊の組み分けを聞いてほっとした。よく知らない人と組むことになったら、まずは互いのことを知るところから始めなければならない。それでは作戦を立てることに集中できなくなる。

「もう一人はオーリャね。オーリャと組んでいた二人は、アシナと部隊をつくるって」

　オーリャと呼ばれたイルと同い年の少年は、よろしくと手を差し出してきた。イルと同い年といっても、茉莉花よりも背が高い。その身体はしっかり鍛えられている。

　茉莉花はオーリャの大きな手を握り返し、よろしくねと微笑んだ。

「で、作戦はどうする？」

「わたしはオーリャのことをまず知りたいわ。得意なことはなにかしら？」

「力には自信があるぞ」

オーリャが自分の腕をぽんっと叩く。たしかにこの腕なら、茉莉花やイルを軽々と担ぐことができるだろう。

「オーリャ、力に自信があるというのはどのぐらい？　鈴取りに参加する他の生徒と比べて、絶対に誰相手でも勝てそう？　それともこの人には負けるということはあるの？」

「純粋な力勝負ならほとんど勝てる。負けるのなら……」

オーリャは談話室のあちこちで作戦会議をしている生徒の顔を見て「あれとあれ。あいつも」と指を差して教えてくれた。

「三人……」

傭兵学校には、傭兵になるための基礎知識をつけにきた者と、部隊長としての知識を身につけるためにきた者の両方がいる。

既に傭兵として活躍している部隊長候補以外の生徒は、そこまで身体を鍛えているわけではない。オーリャなら、同年代の少年相手であれば、誰にでも勝てる。

「とりあえず、イルは攻撃ね。わたしも攻撃。オーリャが鈴もち」

前回と同じく、茉莉花は守備をつくらないことにした。ただし今回は、鈴もちを隠すつもりはない。

「俺が鈴もち？　大丈夫かな、逃げ足に自信はないけれど」

「今回は逃げなくても大丈夫」

「でもさ、ジャスミンってオーリャよりも足が遅くない⁉　攻撃できるの⁉」

足が遅いことを自覚している茉莉花は、こほんと咳払いした。

「イル、今夜は連携の打ち合わせを細かくしておきましょう。わたしの足は速くないけれど、それでも追いかければ絶対に鈴もちは逃げ出すはずよ」

「あ〜そうか。捕まえるのは私の役目ってことね」

茉莉花は、昨日も使った校内図を広げ、オーリャに指示を出していく。

「……ジャスミンってさぁ、顔はお嬢さまっぽいけれど、実は昔かなり悪さしてた⁉」

「これって怒られるよな……。次からは禁止されそうだ」

イルが驚き、オーリャはあははと笑う。

茉莉花は、曖昧に笑ってごまかすという特技を披露しておいた。


翌日、茉莉花たちは早々に学校へ入り、あちこちを見て回る。

三人の視線は常に上へ向けられていて、その状態で最後の打ち合わせをした。

「できるだけ跡がつかないようにしたいのだけれど……」

「一応靴底は洗っておいた。終わったらみんなで掃除しよう！」

オーリャの言葉に、作戦を立てた茉莉花は深く頷く。

「ジャスミンは伝説の問題児として名前を残すね！」

「なにもそこまで言わなくても……」

昨日、茉莉花が甲冑の中にいたことは、アシナとイル以外は誰も知らない。正直に話しても怒られるだけだから教師にも秘密にしておいた。

しかし、今日は昨日と違い、とてもわかりやすい問題行動をする予定だ。きっと多くの人に目撃されるだろう。

「オーリャ、できるだけがんばって。イルと一緒に八個の鈴を取ったら戻るわね」

「八個も取れるかなぁ。アシナ、すごくやる気があったし」

「できるだけ早く決着をつけてくれよ。力に自信があっても、限界はあるからさ」

茉莉花とイルは、オーリャと別れ、決めておいた最初の地点に向かう。

「あ、鐘だ」

鈴取り開始の合図となる三回の鐘の音が、学舎に響く。

茉莉花はまず、わざと身を隠さずに歩いた。しかし、茉莉花の先にいるイルは、柱や物陰に身を隠しながら進んでいく。

「あっ！　いた！」

アシナの部隊の攻撃らしき二人が、茉莉花を発見した。

茉莉花は両手を上げてひらひらと手を振り、鈴もちは自分ではないと教える。

「なんだ……、鈴もちはイルかオーリャなんだな」

一番手強い部隊を折角早く見つけたのに、とアシナの部隊の二人はがっかりしていた。

二人は茉莉花に気を取られ、イルが隠れていることに気づかないまま通り過ぎていく。

(鈴取りは、最初にどれだけの鈴を取れるかが勝負の鍵となる)

そのとき、イルが手で合図をしてきた。鈴の音か足音が聞こえたのだ。

――鈴、鳴った。右からくる。

鈴もちがどこからきたらどう動くのか、茉莉花とイルは昨夜のうちに決めてある。あとはその通りに動くだけだ。

茉莉花は曲がり角のところで身を隠し、鈴もちがくるのを待った。イルはその先に隠れている。

「……！」

鈴もちは、茉莉花の姿を見て驚いた。既に茉莉花が一歩踏み出していたので、とっさに反対側へ逃げようとする。しかしそれは、茉莉花の狙い通りの行動だ。

「しまった！」

鈴もちは上手く逃げたつもりだったのに、隠れていたイルのところへ逃げこむような形になってしまった。

はさまれたとき、どちらに逃げるのかを考えてしまえば、それだけで一歩遅れる。

この一瞬の間をイルは逃さない。敵部隊の鈴もちとの距離を一気に縮め、手首の赤い紐を勢いよく引いた。

「うわっ⁉」

「よし！　取った！　ジャスミン、次にいくよ！」

イルは茉莉花に教えられた通り、『行ってもいい場所』に向かう。行ってもいい場所とは、イルと茉莉花が連携できるところだ。

——鈴もち、階段、上がってくる。

イルからの合図があった。鈴もちは階段を上りきったら、右か左、どちらかに曲がるはずだ。打ち合わせ通りにイルが左を選び、身を隠す。

鈴の音と急いでいる足音が階段を上りきったとき、茉莉花は右から飛び出してその姿をわざと現した。

「くそっ！」

鈴もちは、ちらりと茉莉花の手首を見た。鈴がないことを確認しながら、茉莉花のいない左方向に向かう。そのとき、イルが鈴もちの前に飛び出した。

イルは鈴もちが叫ぶ前に手首の紐を引き、鈴を奪う。これで二個目だ。

「え〜⁉ 横取りかよ！」

すぐに他の部隊の攻撃も階段を上ってきた。そして、イルがもっている鈴を見てがっかりする。イルはへへっと茉莉花に笑いかけた。

「いい感じだね！ ジャスミンが一緒に攻撃するって言い出したときは、本当にできるのかって心配したけれど、アシナのときみたいに上手くいってる！ しかも、今回はまだ全然走ってない！」

茉莉花とイルの連携は、難しいことをしているわけではない。

イルとアシナも、これぐらいのことなら打ち合わせなしでもできてしまうだろう。

（能力に自信があるからこそ、みんなとっさの判断に身を任せるのね）

茉莉花は、自分の足が速くないことを知っている。そしてとっさの判断というものに慣れていない。

あらかじめ攻撃の仕方と連携の仕方を決めておくことで、そして決めておいた連携ができない場所にはいかないという制限をかけることで、どうにか他の部隊と戦えるようにしたのだ。

「よーし、次も絶対に鈴を取るぞ！」

茉莉花は、できるだけイルの体力を温存しておきたかった。皆が疲れ始めてきたところでイルの足の速さを生かせば、あとは力押しでもどうにかなるだろう。

アシナは鈴もちになった。鈴もちの役目は、攻撃から逃げることだ。できる限り体力を温存するために、最初は柱の陰に隠れておく。

(逃げやすい場所にいれば、見つかっても鈴を取られることはない)

アシナは学舎の図面を徹底的に見直した。右か左か、階段か廊下か、逃げ先が二択になるところを探し、できるだけそこを回り続けることにしたのだ。

前半は、鈴もちと攻撃二人という作戦でいくことにした。後半はアシナの体力がなくなってきているので、攻撃の二人と合流し、どちらも守備になってもらう。そこからは三人で行動し、鈴もちと遭遇したら二人に襲わせる。攻撃と遭遇したら、一人が妨害に回ってもう一人はアシナと逃げる。勿論、合流地点は細かく決めておいた。

「……しばらくは大丈夫そうだな」

アシナは耳をすませたあと、ひと息つく。しかしそのとき、人の気配というものをなぜか感じた。

この違和感はなんだと左右を見て、上を見て、……あまりの光景に叫びそうになる。

「っ⁉」

ここで声を出さずにすんだのは、戦場では声を出す場面と声を殺す場面があることを知っていて、今は声を殺す場面だと身体がとっさに判断してくれたからだ。

しかし、驚いた顔はしていたのだろう。『相手』は、笑い出すのを必死に堪えていた。

「……そこでなにをしているんですか？」

「見ての通り、天井に張りついているんだよ」

アシナの問いに、オーリャが答える。

オーリャは、柱の飾りと壁を上手く使い、天井付近に身体を張りつかせていた。この高さなら、助走をつけて跳んでも手が届かないだろう。

「鈴もち……!?」

オーリャの左手首に赤い紐と鈴がある。アシナが驚けば、オーリャがついに笑った。

「そっちも鈴もちだな。どうする？　ここまでよじ登ってくるか？」

力のあるオーリャが、それなりに安定したところで身体を固定している。アシナが同じように柱を使っても、途中でオーリャに蹴り飛ばされて床に落ちるだろう。試すのも無駄だ。

「僕は攻撃ではありませんから」

失礼、とアシナは言い、この場を離れることにした。そのうち、オーリャに気づく者が現れるだろう。ここにいると見つかる。

姿を隠しながら他の逃げやすい地点まで行き、近くに人がいないことを確かめ、それからようやく笑うことができた。

「……はは、ははは！」

なんてことだろう。あんなことを思いついて実行するなんて、ジャスミンの頭はどうなっているのか。

「困ったな」

アシナはなんとか笑い声を抑え、そっと息を吐く。

「今日の僕は、今日の貴女に勝てないみたいですね」

ジャスミンは思っていたよりも問題児なのだろう。昨日も今日も、違反ではないけれど怒られるようなことを平気でしてしまう。

建物の壁に足跡がつくような作戦をつくってしまうその度胸は、彼女の心のどこにしまわれているのだろうか。

（どうやったら、彼女のように前例のない作戦を生み出せるのだろうか）

今日のジャスミンは、昨日のジャスミンに勝った。

きっと明日のジャスミンは、今日のジャスミンに勝つ。

彼女は自分の能力を、これからもどんどん研ぎ澄ませていくはずだ。

（置いていかれたくないな。……いや、まだ勝負がついたわけではない）

今回のジャスミンの作戦は、鈴もちを安全圏内に配置しただけである。二対一にして攻撃側を有利にするという作戦は、こちらも採用している。仲間を信じて、このまま逃げ続けよう。


茉莉花は、手に七つの鈴を握っていた。

そろそろ残っている鈴が少なくなっているはずだ。

「鈴もちを探すついでに、オーリャの様子を見に行こう」

イルの提案に、茉莉花は賛成した。

同じ姿勢で力を入れ続けているオーリャは、疲れているはずだ。ここからはオーリャに降りてもらって三人で行動するのもいいかもしれない……と考えていたら、随分と賑やかな声が聞こえてくる。

「あ〜もう、しつこい！」

オーリャの焦る声が聞こえた。茉莉花とイルは顔を見合わせたあと、走り出す。

角を曲がってオーリャが張りついているはずの天井を見ると、近くの柱から五人の攻撃が近づいていて、その手をオーリャに伸ばしていた。

さすがの力自慢のオーリャも、五本の手を同時に振り払うのは難しい。

「うわっ……」

何人かの手がオーリャの服を掴み、ひっぱる。

オーリャはついに柱の飾りから手を離して飛び降り、床に着地した。すると五人の攻撃がオーリャに飛びかかり、誰の手なのかわからないぐらいのもみ合いになる。

「取ったぞ！」

第二部隊の攻撃が赤い紐を掲げた。

他の部隊の人たちは悔しそうにしている。

茉莉花とイルはオーリャに駆けより、お疲れさまと声をかけた。

「すまん。もう少し粘りたかったんだけれど」

「大丈夫。鈴は七個あるよ。よほどのことがない限り、七個なら勝てるって」

「先生に戦線離脱の報告をして、それから……」

茉莉花は、ちらりと天井を見る。

オーリャは気を使っていたけれど、他の部隊のみんなは汚れたままの靴底で柱を登っていたはずだ。やはり壁や柱のあちこちに足跡がついてしまっていた。

「焚き火にあたる前に、拭き掃除をしておきましょう」

茉莉花の提案に、オーリャとイルも黙って賛成する。

きちんと綺麗にしておけば、問題になっても「すみません」で許してもらえる可能性が高くなるだろう。できる限りのことはしておきたい。

あらかじめ用意しておいた布を外の井戸で濡らしてきて、手が冷たいと言いながら拭き掃除をする。しかし、足跡をすべて拭き取る前に布がかなり汚れてしまったので、茉莉花とオーリャは再び外に出て、井戸の水で布を洗った。イルは残り、乾いた布で濡れた部分を拭っている。

「──俺さ、力があるってだけで他はさっぱりで、傭兵としてやっていけるか自信なかったんだよな」

オーリャは茉莉花に話しかけながら、汚れた水を捨てた。

茉莉花は、濡れた布を力をこめて絞る。

「力があるのなら、傭兵に向いていると思うけれど……」

頭脳での一点突破を目指す茉莉花よりも、体格に恵まれているオーリャの方が傭兵向きだ。どうしてそんなことを考えてしまうのかと、茉莉花は首をかしげてしまった。

「バシュルク国の傭兵は、ただの力自慢じゃ駄目なんだ。部隊を守るために、国を守るために、知識をつけておかないといけない」

「……そうね」

「傭兵は、給料がよくて、国に貢献できる仕事だ。誰だってやりたいから競争率が高い。俺が傭兵になれるのかってずっと不安だったけれど、今日の鈴取りのおかげで、この力は使い方次第で部隊に貢献できるっていう自信がついたよ。……よかった。男は傭兵になれなかったら、なんでバシュルク人に生まれたんだって言われるんだぜ」

オーリャが喜んでいる。茉莉花もよかったと笑っていい場面のはずだ。

しかし、茉莉花は、なにかがひっかかっていた。

——この国に生まれたら、傭兵に向かない人は『役立たず』という札をつけられる。そのことにずっと苦しまなければならない。

バシュルク国の人と自分の間には、大きな違いがある。

このままでは、ずれが生じる。いや、もうずれはある。気づいていないだけだった。

（わたしは、傭兵以外の人たちの気持ちも知るべきだわ。でも、知ってしまったら……）

——どう表現したらいいのか……徹底した能力主義……？　ぎすぎすしたところがなんとなく苦手でした。

子星の言葉を思い出す。きっと同じものを見て、同じことを思ったのだ。

バシュルク国で生まれ育ったら、こんなことは思わないだろう。白楼国で生まれ育ったから思うのだ。

傭兵にならなければバシュルク人ではない、という考え方になじめない。これはただそれだけの話だった。

茉莉花たちは拭き掃除をしたあと、教師に第八部隊の脱落を伝える。

オーリャが天井付近に張りついていたことは、もう教師も知っていたらしく、「幼い子どもではないのだから二度としないように」と叱られてしまった。しかし、拭き掃除が終わっていたので、反省している様子を見せたらすぐに許してもらえた。

「二日連続で鈴取り優勝～！」

まだ鈴取りは終わっていないけれど、イルは焚き火にあたりながら大喜びをしている。

七個の鈴をもっていればおそらく優勝できるはずだけれど、どうなるだろうか。

「あ、終わりの合図だ」

鐘が四回鳴る。

最後まで走り回っていた生徒が学舎から出てきて、疲れたと笑いながら庭小屋の焚き火に駆けよってきた。

「アシナ！　何個⁉」

イルはアシナの姿を見るなり、手を振って叫ぶ。

「五個ですよ。そちらは？」

「七個！　勝たせてもらったよ！」

アシナは、自分が負けたことを意外だと思わなかったらしい。笑いながら「おめでとうございます」と茉莉花に言ってくれた。

「自分の作戦には、改良すべきところがまだまだありそうです」

焚き火に手をかざすアシナは、どこか楽しそうだ。

茉莉花はその様子にほっとする。

「オーリャの隠れ場所には驚きましたよ。いえ、あれは隠れ場所とは少し違いますね。安全な場所と言うべきでしょうか」

「オーリャに気づいたのですか？」

「ええ。かなり最初の方で見つけました。ですが、あそこに張りつかれると、一人でオーリャを攻略するのは不利です。……よく考えつきましたね」

昨日のジャスミンは、甲冑の中に入ることで鈴を守った。

今日のジャスミンは、天井と柱と壁を使って身体を固定させることで鈴を守った。

きっと明日のジャスミンはまた違う作戦を用意してくる、とアシナは言いきれる。

「ジャスミン、答え合わせをしましょうか。この紙を開けますね」

アシナは茉莉花に、『アシナはどんな作戦を立ててくるのか』を考えてもらい、紙に書いてもらった。鈴取りが始まる前に茉莉花からその紙を預かり、ずっともっていたのだ。

（彼女にとっての僕は、一体どんな人物に見えているのだろうか）

鈴取りは単純な遊びだ。作戦といっても、そう複雑なものになるわけではない。

半分ぐらいは自分の行動を読んでいたのでは……と、このときは採点者としての目線で
この紙を眺めていた。

そして──、がつんと頭を殴られたような衝撃を受ける。

（こんなことが、本当にあるのか？）

アシナは思わず息を止めてしまった。

──鈴もちはアシナ。他二人は攻撃に回る。前半のアシナは、必ず二方向に逃げられる
地点を回る。後半戦に入ったら、アシナは攻撃に回した二人と合流し、三人で行動する。

鈴もちと遭遇したら……。

作戦だけではなく、アシナが隠れる地点、合流地点、そういう細かいところまで、すべ
て読まれていた。自分は、いつだってジャスミンの予想通りの行動しかしていなかった。

（……落ち着け、息を吐け）

深呼吸をし、混乱する頭を落ち着かせる。

彼女と少し行動を共にしただけで、あっという間に頭の中を細切れにされ、分析されて
しまった。それはもう変えようのない事実だ。

（でも、これだけ僕の行動を読んでいながらどうして……）

なぜ最初に自分の鈴を奪おうと思わなかったのか……と考え、はっとする。

——勝負になるよう、手加減をされたのでは？

いや、可能性はもう一つある。

——そもそも脅威と思われていなくて、その他大勢という扱いだったのでは？

彼女は天才なのだ。人をよく見て、どう動くのかを考え、常に先回りできてしまう。この異質な観察力と分析力は、あまりにも貴重である。

（わかりやすい才能ではない。本人もこの才能に気づいていないようだし、赤奏国もサーラ国も見逃してしまっていた。もし、どちらかの国でこの才能を開花させていたら……）

何気ない想像のあと、アシナはぞっとした。

大きな国が、この才能を取りこみ、生かしてしまったら大変なことになる。

（この才能を、異国に流出させてはいけない……！　バシュルク国の傭兵部隊でも勝てない軍隊ができてしまう……！）

傭兵の価値が下がったら、この国は生きていけない。

ジャスミン・ラクテスが使えるかどうか、そういう話ではなかった。すぐにでも彼女を閉じこめて……。

（……落ち着け！　この才能は未完成で、まだ隠されている。誰も見つけていない。……今の時点でこの脅威に気づいているのは僕だけだ。ゆっくり取りこんでいけばいい）

絶対にジャスミンを手放してはならない。そのためにも、彼女の心を摑む必要がある。

「――ジャスミン、貴女は今の状況に満足できていますか？」

アシナは、茉莉花の眼を見て問いかける。

茉莉花はアシナの突然の質問の意図がわからず、首をかしげてしまった。

バシュルク国は、傭兵業を主力の産業としている。

この国の傭兵は能力だけで評価され、そして適材適所が重視されており、アシナは若くして部隊長になった。しばらくすると、視野が広いというところを評価され、どの依頼を受けてどの部隊を派遣するのかの判断をするという、傭兵部隊を管理する役職へ就くことになった。

新しい役職を得てから二年、アシナは傭兵部隊の組織の改革を続けている。傭兵部隊は使い捨ての兵士の集団ではないことを示すために、個人の能力の向上、部隊長の指揮能力の向上、衛生部隊の装備品の充実の他に、高額な報酬でなければ動かないという強い意志と交渉力といったものをどんどん伸ばしていった。

そして、なにより大事なのは『情報』だと思っている。

各国に間諜を飛ばし、依頼主になりそうな国や個人の身辺を徹底的に調べた。使い捨ての駒にされないためにも、絶対に必要なことだ。

「ジャスミン・ラクテスは使えます」

バシュルク国の傭兵顧問会に、傭兵部隊の運用に関わっている顧問官たちが集まり、会議を行っていた。皆、アシナの報告を熱心に聞いている。

「前線に出るような仕事には向いていません。しかし、現場をできるだけ見せておき、傭兵というものをしっかり学ばせておけば、傭兵部隊の頭脳として活躍します」

明日になれば、今日の作戦を破る新しい作戦がつくれる。

それを可能にする特異な観察力と分析力は、既に天才の領域へ入っていた。

「サーラ国と赤奏国で、ジャスミンを知っている者と接触することができました。そこで得た情報と本人によって申告されている経歴が一致しています」

諜報部門の責任者が、ジャスミン・ラクテスの経歴についての報告を始める。

「働いていた場所での証言以外にも、近くの店の主人の証言も得ることができています。申告されていた場所……赤奏国とサーラ国の両方で暮らしていたのは間違いないでしょう」

申告された経歴と、現地の人間から得た情報が一致したら大丈夫というわけではない。国というものがジャスミン・ラクテスの背後にいるのなら、偽りの経歴や偽りの証言なんていくらでもつくれる。しかし、二つの国の両方で偽ることはかなり難しい。

「十代半ばに変装できる有能な女性間諜という可能性はないのか？　どこかの国にそれらしい者は？」

　顧問官の一人が、念のための確認はすべきだと言い出す。

「白楼国でホウシセイの身内の女性が活躍しているようです。名前はコウマツリカ。サーラ国と白楼国の同盟を成立させた人物で、サーラ国からの情報によるとコウマツリカは三十代だそうです」

　茉莉花を近くで見ているアシナは「コウマツリカとは違う」と断言できた。

「ジャスミンは十代にしか見えません。二十代が変装していると言われたら、可能性はあるかもしれませんが、三十代はありえません」

「テュラ顧問官、ジャスミン・ラクテスの言葉に白楼語訛りを感じたことは？」

「ありません。ジャスミンはサーラ語訛りのあるバシュルク語を話しています」

　ジャスミン・ラクテスに不審な点はない。疑う声はもう出てこなかった。

「それでは、ジャスミン・ラクテスに必要な思想教育を施したあと、四年生への進級試験を行います」

　アシナの言葉に顧問官たちが頷いた。

叉羅国（サーラこく）の首都ハヌバッリ。

司祭の一族であるアクヒット家の敷地（しきち）の端には、女性の使用人のための屋敷がある。そこに当主シヴァンが休息を求めてやってきた。

「バシュルクのどぶねずみがうろついていたそうだな」

シヴァンの愛人のまとめ役であるチャナタリ・ムザウル・チャダディーバは、苦い顔をしているシヴァンの言葉に頷いた。

「ラクテス家の者たちが、『ジャスミン』という少女を知らないかと聞かれたそうです。皆、教えた通りに答えていますわ」

──ジャスミン？　一緒に働いていたよ。踊りは下手だけれど、手先は器用だった。

──計算が早くて、文字を読むことも書くこともできて、とても助かったわ。

──一人、ジャスミンを異国人だからと苦手にしている子がいて……ちょっとね。

茉莉花（まつりか）はアクヒット家の使用人をしていたことがある。この事実は、バシュルク国へ潜入（せんにゅう）するための設定にそのまま利用された。

「どぶねずみがここまできたのなら、司祭さまのおかげで、あの子の潜入が上手くいっているということでしょう」

　ふふふとチャナタリは笑う。

　シヴァンは、茉莉花が失敗したら大笑いしてやりたいし、上手くいっても舌打ちしたかった。つまり、茉莉花のすべてが気に入らないのだ。

「外側に入るだけなら誰でもできる」

「ええ、そうです。でもジャスミンなら内側にも入れるかもしれませんね」

　シヴァンは不機嫌であることを示すように、卓の脚を蹴る。

「不幸ばかりを呼ぶあの女のことを随分と評価しているようだな」

「あの子は司祭さまを救ってくださった方ですもの。それに、少し変わったところがあって、一緒に仕事をしていて面白かったですわ」

　少し前、叉羅国が二重王朝問題に悩まされていたとき、茉莉花が二つの王朝を一つにするための作戦を立ててくれた。チャナタリはその作戦の準備を手伝っていた。

　チャナタリは、異国人である茉莉花の考えがよくわからなかった。それでも、シヴァンの命令だからという理由で従っていたのだ。

「あの子の言う通りにしていると、あるときはっとするんです」

　よくわからないという欠片が、次々に組み合わさっていき、綺麗な形になる。

　すごいと称賛したのと同時に、優越感を抱くことができた。

「私は彼女の意図を理解できた。でも、まだ理解できていない人がいる。……その事実は、自分が人よりも優れているような気持ちにさせてしまいますわ。近くにいて助言を与えられたからこそできたことなのに、自分の力だと勘違いしてしまうのです」

あの感覚はとてもやっかいだ。神の教えの中にある魔の囁き声のような甘さがある。

「人は、他の人より優れている感覚をまた味わいたくなるものです」

チャナタリが言いたいことを、シヴァンは理解する。

「ふん、信仰もどきか。不幸を呼ぶだけではなく、やっかいな女でもあるとはな」

——救い。許し。目覚め。悟り。

人によってあの感覚を表す言葉は変わるだろう。


バシュルク国の傭兵学校は、ユールの日から冬季休みに入る。

家に帰る寮生も多いため、冬季休み中の寮はとても静かになっていた。

イルはジャスミンの監視役という仕事をしているので、家に帰らない生徒のうちの一人というふりをしている。

「あれ？　どこ行くの？」

二回目の鈴取りを楽しんだその夜、ジャスミンが部屋から出て行こうとした。

イルが声をかけると、ジャスミンは抱えている書物を見せる。

「借りてきた書物を談話室で読んでくるわ。先に寝ていて。疲れているでしょう？」

昨日と今日、イルもジャスミンも鈴取りで走り回っていた。

たしかに疲れているのだけれど……。

「ジャスミンこそ疲れているでしょ。もう寝たら？」

「身体は疲れているけれど、頭は疲れていないから大丈夫。それに、バシュルク国の古い歴史の書物をずっと読みたかったの」

「う〜ん、その感覚、わかんないなぁ……」

身体も頭も同じだよとイルはげんなりしながら、にこにこしているジャスミンにいってらっしゃいと手を振る。

扉が閉まると、本当に音のない部屋になってしまった。イルは寝台にごろんと寝転ぶ。

「……普通さぁ、鈴取りで優勝したら、夜通しそれを語り合ったりするものだけれど」

そう、鈴取りで二回も優勝したのだ。

イルはその興奮が冷めていないし、ジャスミンもそうだと思っていた。

「ジャスミンって、頭はいいけれど、傭兵に向いていないのかなぁ」

鈴取りで優勝したことよりも、気になっていた書物を読むことの方が楽しそうだ。異国人だから、そもそもの考え方が違うのかもしれない。

「……ジャスミンには、傭兵以外の道もあるんだよね」

アシナはジャスミンを傭兵にしたがっているし、イルも仲間になってくれたら嬉しいと思っているけれど、ここにきて「あれ？」と思ってしまった。

バシュルク人ではない彼女は、傭兵に向いていないのなら、傭兵にならなくてもいいはずだ。

「書物を読む仕事とかないのかな……？　先生とか、学者とか？」

傭兵は、国のために血を流す仕事だ。とても危険だけれど、名誉ある仕事で、だからこそ内側で暮らせるし給料もいい。

傭兵になれたら幸せな生活が約束される。イルはそれをずっと信じてきた。

「でも、ジャスミンは傭兵になるよりも、先生とか学者になる方が幸せになれそう」

鈴取りは、傭兵の適性があるかどうか見るものだけれど、あくまでも『遊び』だ。

戦争は生きるか死ぬかという場である。

荷物を何度探られても気づかないぐらいぼんやりしていて、いつも談話室で読書を楽しんでいるジャスミンは、傭兵としての才能があっても、傭兵に向いていない気がする。

「傭兵になりたがっているわけでもないし」

ジャスミンは赤奏国にいられなくなってサーラ国に行き、サーラ国にいられなくなってバシュルク国にきた。

彼女はどうしようもない事情によって、望んでもいない傭兵になろうとしているだけだ。

「……しっかり考えた方がいいよって、言うべきだよね」

学校の先生になって書物を読み、傭兵の誰かと結婚して、幸せな家庭をつくるのが似合うよ、と教えてあげたい。

――でも、自分はジャスミンの友だちではない。監視役なのだ。

「うわ〜！　だって、仕事で見張っているだけでも、一緒にいたら情が移るよ！」

イルは寝台の上で手足をばたばたと動かした。

自分は今、ジャスミンを騙している。いずれそのことにジャスミンが気づくかもしれない。そのときに、ジャスミンはどう思うのだろうか。怒るのだろうか、悲しむのだろうか。

「隠しごとをするのって嫌だな……」

静かな部屋に、イルの呟きがそっと溶けていった。

バシュルク国の傭兵学校では、思想教育というものが行われている。

茉莉花はその話を聞いたとき、どういう授業なのかまったくわからなくて不安だった。

しかし、一年生と二年生のときに受けた思想教育は、バシュルク国の苦難とそれを乗り越えてきた先人の話、そして傭兵部隊で活躍した人物の話を聞くというだけのものだった。

（自国に愛着をもたせるための授業なのね）

太学にそういう授業はない。あくまでも歴史は歴史という扱いである。

それでも、立身出世物語のような書物はやはり人気があった。生徒の間で貸し借りがよく行われていたという記憶がある。

「ジャスミン、今日は談話室に傭兵がくるんです。彼らの話を聞いてみませんか？」

アシナが茉莉花の部屋の扉を叩きにくる。

茉莉花は部屋の扉を開け、首をかしげた。

「今日は談話室が使えないと聞いていたのですが……」

「卒業生がきて色々話を聞かせてくれる日なんですよ。だから貸切にしてあるんです。一年生のために開いているのですが、ジャスミンは傭兵部隊のことをあまり知らないと思うので、ぜひ参加してください」

　ここまで言われてしまったら、悪目立ちしないように参加すべきだろう。

「入ります」

　茉莉花はアシナに連れられて談話室へ入る。

　談話室の中には、前に勉強を教えたことがある人も多くいて、知らない人ばかりという状況にならずにすんだ。

「それでは始めましょうか」

　ぱちぱちと音を鳴らす暖かい暖炉の炎。温かい葡萄酒と蜂蜜で固められた木の実のお菓子。誘ってもらえてよかったと思いながら、茉莉花は端の方の椅子に座る。

「そう硬くならなくていいぞ。まずは自己紹介からいこうか」

　談話室には、いかにも最前線で活躍していますという雰囲気の傭兵から、後方支援を担当していそうな傭兵もいた。

　彼らは名前を言ったあと、なぜ傭兵部隊に入ったのかという理由を話し始める。そして、今の部隊が自分にとても合っているのだと語った。

（……前にイルとアシナへ傭兵になろうと思った理由を聞いてみたけれど、それが本当の理由かどうかはわからないのよね。二人ともわたしの監視役だから）

　イルはバシュルク国の田舎で生まれ、家族の暮らしを楽にしたくて傭兵を希望した。

アシナは大きな家の生まれだけれど、三男だったために家を継げず、傭兵になることを選んだ。

（いつか本当の話を聞けたら……）

そこまで考えたあと、茉莉花は慌てて考えることをやめる。

自分だって、イルとアシナに『気の毒な嘘の身の上話』を語ったのだ。『お互いさま』で終わりにしなければならない。

「――……で、俺はあまりいい息子じゃなかった。でも、傭兵部隊は荒んだ俺も受け入れてくれた。今は部隊のみんなを家族のように思っているよ」

傭兵による自己紹介が終われば、次は生徒たちの番だ。

「アシナリシュ・テュラです。三男として生まれた時点で、家を継げないことが決まっていました。家の手伝いをしても兄の手柄になるだけなので、それぐらいなら自分がどこまでいけるのかを試したくて傭兵部隊に入りました」

さすがはアシナだ。前に語った設定を忘れていない。

茉莉花も『ジャスミン・ラクテス』という設定通りに自己紹介をする。

「ジャスミン・ラクテスです。父がサーラ国人で、母が赤奏国人です。赤奏国で暮らしていたのですが、母を亡くしたあとに内乱が起きたので、父と共にサーラ国へ移住しました。そのサーラ国でも戦争が始まってしまい、異国人の見た目をもつ者への視線が厳しくなったので、異国人も受け入れてくれるこの学校へ行くことにしました」

母の国にも父の国にもいられなくてバシュルク国へ。

茉莉花の説明を、傭兵たちは気の毒だという顔で聞いていた。どうやら、叉羅国とは違って、本当に異国人にも友好的な国のようだ。

「次は傭兵部隊の話でもしようか。実はこの間……」

傭兵たちは、実際にあった笑える話をいくつも紹介した。

茉莉花は皆と一緒に笑い、頷く。こういう場に溶けこむのは得意だ。

「傭兵になると、部隊のみんなは家族みたいなものだ。だが、対等な仲間でもある。誰よりも互いのことを知らなくてはならない。ほんの少しの不調が部隊を危険にさらすことだってあるからな」

文官の仕事は、自分が不調であることを申告してもしなくても、あとで確認作業というものが行われる。

しかし、とっさの判断を求められる戦場では、あとでの確認なんてできない。最初から仲間の状態をしっかり見ておかなければならないのだ。

「弱みを見せるということも、傭兵にとって必要な技能だ。つらいことがあったら、隠すよりも打ち明け、自分の状態を仲間に知らせた方がいい。仲間が『戦場に連れて行けない』という判断をするかもしれないからな。……よし、今からその練習をしてみようか」

傭兵の笑い話から、弱みを見せ合う練習をしてみようという提案までの流れは、とても自然だった。

しかし、茉莉花は違和感を覚えてしまう。

(これはもしかして……)

学生たちは傭兵の言葉を疑わず、最近あった辛い出来事を言葉にしていく。

話が終われば、傭兵たちはつらかったなと慰め、俺たちがついているぞと励ました。学生たちはほっとしていた。つらいことがあっても、それをぐちぐち言うのは情けないことだとずっと思っていたのだ。

(陛下がおっしゃっていた、典型的な……信仰もどきを集めるための手順よね)

その一、狭いところで孤立させる。

その二、共通点をつくる。

その三、自分について改めて考えさせる。

その四、新しいことをやらせ、認める。

その五、新しい自分になったのだと勘違いさせる。

この五つの段階を順番に行っていけば、今までのしがらみから解放された気持ちになれ、新しい自分になったという雰囲気に酔わせることができ、ここにいればもっと成長できると思わせることができるのだ。

（この手順にひっかかってしまうのは、今の自分に満足できていない人……）

宮女として、女官として、文官としての自分に満足している茉莉花は、信仰もどきを集めるやり方にひっかかることはないだろう。

しかし、もっと幼いころ……色々諦めてしまう前の自分だったら、絶対にひっかかっていた。それぐらい、これは魅力的な儀式なのだ。

「次の人、どうぞ」

ついに茉莉花まで順番が回ってくる。

茉莉花は、皆の同情を買いそうな可哀想な話をすぐにつくった。

「……父の一族の紹介で、わたしはとあるお屋敷の下働きをすることになりました。けれど、戦争が始まってから、異国人のお前がいるから戦争になったんだと責められ、不幸を呼ぶから出ていけと言われてしまって……」

アクヒット家の下働きの少女の一人に、ひどく嫌われたことがある。彼女にとっての自分は、完全に得体の知れない異国人で、気持ち悪い存在だっただろう。

（都合よく話を膨らませてしまってごめんなさい）

茉莉花は、被害者は自分ですという話にして、つらかった出来事というものを語った。

みんな、大変だったなと同情してくれる。

「ここにはそんなことを言うやつなんていないぞ！　もう大丈夫だ！」

「みんな異国人に慣れているからな。もう君も俺たちと同じバシュルク人だ！」

「居場所がないのならずっとここにいたらいい！」

ジャスミン・ラクテスが実在し、経歴も本当のものであれば、ジャスミンは感動しただろう。バシュルク人になって、ここで暮らしていきたいと決意したかもしれない。

（でも、わたしは晧茉莉花で、これが信仰のようなものを集める手順だとわかっている）

怪しまれないように嬉しいですと喜びながらも、小さな不安が生まれてしまった。

（……これ以上、わたしはここにいるべきではない。このままでは周りに期待させてしまう。でも、わたしは白楼国の文官で、その気持ちに応えられない）

茉莉花を見送りにきてくれた大虎の話を思い出す。

──この仕事って、ときどき罪悪感がすごくてさ。悩むこともよくある。

大虎は情報を集めるという仕事をしている。彼は、善意を差し出されながらもそれを振り払わなければならないことや、利用しなければならないことを、何度も経験してきたはずだ。茉莉花もそうなるかもしれないと、あの時点で心配してくれたのだろう。

（大虎さんが本当に言いたかったのは、きっと……）

あれは、無理だと感じたら、心を守るために潜入調査を打ちきってもいいという助言でもあったのだ。

三年生では、部隊の指揮を学ぶ授業もある。文官の茉莉花にとって、武官に求められるものに触れられる機会は貴重だ。

分厚くなった教本を談話室で読んでいると、寮監代理の教師がやってきて、わからないところを丁寧に教えてくれた。

（……みんな、わたしがバシュルク国の傭兵になると思っている）

このままではいけない。なにかのきっかけを利用し、傭兵になるかどうかを迷い始めたふりをすべきだ。

辞めるという決断をしたとき、皆から「傭兵に向いていないからしかたない」「君に合う別の道があるはずだ」と納得してもらえるようにしておきたい。

さてどうしようかと考えていると、談話室にアシナがやってきた。

「閉じこもってばかりだと退屈でしょうし、明日の野外演習に参加してみませんか？」

こんな真冬に、雪がちらついて冷たい風が吹く中での演習。

茉莉花は、絶対に耐えきれない自信がある。どう断ろうかなと考えている間に、アシナはどんどん話を進めていった。

「傭兵は寒い中で野営をすることもあります。これは、首都近くの見回りをしながら凍死しない方法を学ぶという基本的な訓練ですね。ジャスミンが前線に出ることはないでしょうし、本当についていくだけで大丈夫ですよ」

凍死しないようにするための訓練だと言われると、ますます無理だという気持ちになる。

しかし、たしかにこれは貴重な機会だ。文官の仕事で、寒いところに行くこともあるだろう。そのときに皆とはぐれ、一人で野営をすることになるかもしれない。どうしたらいいのかを、訓練された傭兵部隊に守られながら学ぶことができるのだ。

(それに、これはきっかけに利用できそう)

――野外演習を経験したら、傭兵という職業が自分に合わないかもしれないと思ってしまった。

演習後にそう言い出すのは、とても自然な流れだ。これからのことをゆっくり考えてみたい、とくちにしておけば、退学届を出すことになっても納得してもらえるだろう。

「……えっと、見回りすら満足にできなくて迷惑をかけるかもしれませんが、それでもよければ参加したいです」

「見回りは本当に形式的なものですよ。首都が攻められることはありませんからね」

当たり前のように放たれた「攻められることはありません」に、どきっとする。

「念のために僕もついていきます。明日の朝、談話室の前で待っていてください。装備は支給されたものを使いましょう。ただの革靴では、凍傷になります」

凍死に凍傷。

茉莉花は自然の脅威に今から怯んでしまった。

全身が雪に埋もれてしまうほどではなくても、雪があるところで行軍するのなら、たくさんの準備が必要だ。

茉莉花は、寒さと風を防ぐための特別な外套や長靴、帽子を身につけたあと、アシナから気をつけるべきところを教えてもらう。

「寒さは判断力を奪います。頭がぼんやりしたら、すぐに教えてください。それから、絶対に指示があるまで防寒具から肌を出さないように。金属製のものを肌に触れさせないようにもしてください。そこが凍傷になりますからね」

不安しかない野外演習だけれど、アシナは事前に傭兵部隊へ「なにもわからない学生が参加する」という連絡を入れていたらしい。皆から馬車の中にいればいいからと言われたり、風が当たらないように荷物を覆いがわりにしてもらったり、色々な配慮をされた。

「よし、出発！」

この野外演習は、首都を出て山道を歩き、一泊して帰るだけだ。遠くに行くわけではないので、なにかあっても誰かが首都まで走って助けを求めにいくことができる。

茉莉花は馬車の荷台の上で、周りの様子をずっと眺めていた。間諜としてこの首都に入ったときと今では、ものの見え方がかなり変わっている。

（この要塞都市はとても安全に見える。でも、弱点が二つある。一つ目、首都に入るための橋は『大軍対策』にしかならない）

少人数が商人に化けて入りこむことなら簡単にできる。自給自足だけでは生きていけないバシュルク国は、商人の出入りを禁止することができないのだ。

（バシュルク国の首都は、大きな犠牲を払えば落とせるかもしれない。けれども、首都を落としても得るものはない。……この事実に皆が慣れきっている。これが二つ目）

アシナでさえも、首都は攻められないと思いこんでいた。

問題は、外側を落としたあとで……。

「休憩を取るぞ！　馬車を止めろ！」

少し広いところに出たとき、部隊長が声を上げた。

皆、手際よく動いている。茉莉花が手伝えば、逆に邪魔になるだろう。しかし、なにかあったときに誰かの代わりになれるよう、みんなの作業をしっかり見ておいた。

「ジャスミン、大丈夫ですか？」

アシナが、煮詰めた砂糖を胡桃に絡めてある菓子を渡してくれる。

茉莉花は「大丈夫です」と言いながらそれを受け取った。

「もう首都より高いところにきています。高いところに慣れていない人は、頭痛で苦しむこともあるんですよ」

傭兵部隊は首都を出たあと、橋を渡らずに西へ向かう山道に入った。ゆるやかに曲がっていく山道は、登りながら東へと行き先を変える。今はそのちょうど曲がりつつあるところだと説明された。

「この道を進んでいくと、もしかして首都がまた見えてくるんですか？」

「そうです。今度は見上げるのではなく、見下ろす形で見えますよ」

茉莉花は、ここまで見てきた光景を整理し、頭の中で山道をつくってみる。

山道が急な坂になっていると、馬車も人も登れなくなる。それでぐるりと大回りしながら登っていく道ができたのだろう。

「……貴女にはこの光景がどう見えているんでしょうね」

ただの雑談なのか、それとも探られているのか。

茉莉花はアシナの強い視線を受け止めた。

「わたしには、綺麗だけれど恐ろしい山に見えます。アシナはどう見えていますか？」

茉莉花は話の矛先を自分からアシナにそっと移す。

「僕も綺麗で恐ろしい山に見えています。ですが、貴女にとっての恐ろしいと、僕にとっての恐ろしいは違うかもしれない。……貴女の眼に映っている『綺麗で恐ろしい山』を、僕も見てみたいんです」

アシナは、茉莉花に興味をもっている。そのことがはっきりわかる言葉だった。既にアシナの中では、茉莉花は間諜の疑惑がある学生ではなく、共に国を守る仲間なのだろう。

（やっぱり、潜入調査はここまでにしよう）

茉莉花は、バシュルク国の攻略の鍵となるものを探しにきていた。

外側の傭兵学校に入ることができ、外側だけなら落とせると判断した。

現時点でもち帰ることができる成果は、これだけだ。

珀陽たちの期待には応えられなかったけれど、白楼国の文官としての自分を守るために、あとはどうやってバシュルク国から無事に脱出できるのかを考えよう。

早朝、茉莉花は鳥の声で眼を覚ます。

昨晩は藁に布をかぶせるという簡単な寝台を馬車の荷台につくってもらえたおかげで、震えて眠れないということはなかった。

（傭兵に向いているかいないかという話なら、絶対に向いていないわ）

茉莉花は、特別扱いをされているから野営をしてもどうにかなっているのであって、普通の傭兵の一人という扱いだったらこの寒さに耐えられなかっただろう。

（わたしは自分の身を守ることもできない。これは本当のことだから、不安を感じる理由として信じてもらえそう）

このままいつまでも藁の寝台の中にいたいけれど、そろそろ諦めよう。まずは身体を起こして、荷物の確認をして……。

やるべきことを頭の中で並べていったとき、なにかがぶつかるような音がした。

（なにか？　ううん、聞いたことがあるわ）

赤奏国で天河と馬に乗って逃げていたとき、この音を耳元で聞いている。

──矢が当たったときの音！

誰かが矢を放ち、近くの木に当てた。

早朝の訓練ならいいけれど、盗賊の襲撃という可能性もある。

茉莉花はとっさに自分の荷物をもち、帽子をかぶり、他の荷物へ隠れるようにして荷台の出入り口まで移動した。

「敵襲だ!!」

いつでも飛び出せるようにしたとき、鋭い声が上がる。

ほぼ同時に、矢が次々に飛んできた。

「ジャスミン！　無事ですか⁉」

アシナの声が聞こえる。焦った様子からすると、これは訓練ではないのだろう。

覚悟を決めた茉莉花は、馬車の荷台から飛び降り、矢が飛んできた方向の逆側に回り、馬車の荷台を自分の盾にした。

「アシナ！　わたしは無事です！」

「貴女はこの場を離れた方がいい！　走りますよ！　うしろを守りますから、指示通りに動いてください！」

薄暗い中、茉莉花はアシナの言う通りに走る。

冷たい空気が喉を痛めつけてきても、呼吸ができなくなっている気がしても、生きるために足を動かし続けなければならなかった。

「アシナ、もうわたし……」

走りながら限界だと訴えようとしたとき、違和感を覚える。

──うしろにアシナがいない。

振り返り、左右を見て、少し戻った。しかし、一緒に走っていたはずのアシナが、どこにもいない。

（いつから⁉）

矢に当たって動けなくなっているのかもしれない。今すぐアシナを助けに戻るべきだ。

「……ううん、しっかり考えてから行動して」

息があれだけ苦しかったのに、アシナがいないと気づいたことによる衝撃で、そのことを忘れてしまっていた。

——戻るか。走るか。ここで待つか。

茉莉花は深呼吸をする。

「アシナだったら、わたしにどうしてほしいかしら」

部隊で動いている最中だ。茉莉花の判断ではなく、部隊としての判断が優先される。アシナが怪我をして動けなくなっているのであれば、助けに戻っても、自分は手当てをすることしかできない。

その手当ても、血が出ていたら布で押さえるとか、包帯を巻くとか、吐いていたら顔を横に向けて息ができるようにしておくとか、本当にささやかな処置だ。そして、処置が終わっても、茉莉花ではアシナを担いで移動することやアシナを守ることはできない。

「アシナは、戦場からわたしを引き離そうとしていた。守られるだけの人間がいると、部隊の負担になるから」

これからどうすべきかを、ようやく決断する。

「まずは身の安全を確保する。それから傭兵部隊が迎えにくるのを待つ」

やはり自分には、考えるための時間が必要だ。冷静さがなくなれば、最善の判断ができなくなってしまう。

（すぐ近くに敵がいるかもしれない。見つからないようにしないと）

こんな見晴らしのいいところで、いつまでもぼんやり立っていてはいけない。

急いで道を外れ、森の中に入った。大きな木の陰に隠れてから一息つく。

（この辺りの地図をつくっておこう。……誤差はあるけれど、見てきた光景を繋いでいけば地図になる）

最悪の事態のときは、山道を使わずに首都へ向かわなければならない。

「直線だったら首都まで遠くないけれど、山道以外を歩くのは危ないのよね……」

山道はずっと一本道だった。このまま引き返したら、仲間に会えるか、襲撃者に見つかるかの、どちらかになる。

「……うん？　一本道？」

ここでようやくなにかがおかしいと気づく。

茉莉花は、改めてこの状況を一歩引いた位置から見てみた。

傭兵部隊は野外演習を行っていた。首都を出ても橋を渡らず、山道を進んできた。ずっと一本道だった。早朝に襲撃されて、茉莉花とアシナは首都から離れていく方向に逃げた。

「矢が飛んできた方向と逆向きに逃げた。なら、襲撃者は首都からきていたはず」

首都からやってきた襲撃者は、何者なのだろうか。

最初に思いついたのは盗賊だ。しかし、獲物になったのは演習中の傭兵部隊である。襲撃が上手くいっても、装備と食料を少し奪えるだけだ。それぐらいなら、商人の馬車を襲い、商品を奪って他の国で売った方がいい。

それに、明らかに盗賊とわかるような者は、あの橋を渡れないはずだ。

「傭兵部隊に恨みがある誰かが、商人のふりをして首都に入りこみ、演習に向かう部隊を襲った……？」

それならなぜ夜に襲わなかったのか。早朝になってから矢を放ち、襲撃者がまだ遠くにいることをわざわざ教えてしまうという行儀のよさが気になる。

「……これも演習？」

襲撃されるという訓練で、そのことは一部の者しか知らなかった。この答えが一番しっくりくる。

(早朝を選んで襲ってきたのは、正体を隠したままわざと矢を外したかったから)

演習だとしたら、怪我をしているかもしれないアシナと早く合流すべきだ。しかし、これはまだあくまでも『しっくりくる答え』というだけである。現実には、しっくりこない意外な真実が隠れているときだってあるのだ。万が一のことを考えておかなければならない。

「訓練なら、アシナに怪我があっても、すぐに助けてもらえる。訓練ではないとしたら、わたしは見つからないようにしなければならない。やるべきことに変わりはないわ」

茉莉花は、運よく荷物をもち出せていた。あと二日ぐらいなら一人きりでも動けるだろう。

（これは一泊してくるだけの簡単な野外演習だった。予定通りに戻らなかったら、すぐに他の部隊が捜索にきてくれる。襲撃された形跡を見つけたら、必ず救援部隊を編成し、全員が見つかるまでこの一本道を歩き続けてくれる）

襲撃者が傭兵に恨みをもっている者だとすると、一人でも多くの傭兵を殺そうとするかもしれない。けれども、雪山で逃げた傭兵たちを探し出すのは大変だし、危険だ。それぐらいなら、首都に戻ろうとする傭兵を待ち伏せするだろう。襲撃者がわざわざここまでくることはまずない。

襲撃者が単なる盗賊なら、傭兵部隊の荷物を奪ったらすぐに逃げていく。傭兵部隊の皆は安全を確保したあと、盗賊を追うようにして首都に戻り、救援部隊を連れてくるはずだ。

「風が当たらなくて安全な場所は……」

荷物の中に食料と水があったはずだ。夜になれば火を小さく熾し、集めた雪を溶かして水をつくることもできる。

「冷えた地面に直接座ると体温が奪われるから、椅子の代わりになるものを探して、そこに座りましょう。明るいうちに色々やっておかないと」

やるべきことが多いと、後ろ向きなことを考えずにすむ。

茉莉花は音を立てないように気をつけながら、必要なものを探した。


うろうろしていると、少し離れたところにある岩肌が抉れていることに気づいた。山道からでは、大木に視界が遮られ、それに気づけないようだ。

荷物から布を取り出し、金具を使って布を岩肌にひっかけ、抉れている部分を覆う。

これで敵の視界や風から身を隠すことができるようになった。

「風がこれ以上強くならないでほしいな……」

小さな空間の中、茉莉花は拾った枝葉の上に荷物を置き、さらにその上へ座る。

春雪からもらった蜜がかかった胡桃をくちに入れ、味わうようにゆっくりと蜜を溶かしてから胡桃を噛み砕いた。

(甘い……)

春雪の優しさがじわりと身体に染みこみ、肩の力が抜けていく。

「……もうじき、夜になる」

暗くなると、山道を歩く人の顔が見えなくなってしまう。音だけが頼りだ。

おそらく、足音から軍人かそうでないかの区別はつくだろう。もしもただの猟師が通りがかったのなら声をかけ、通ってきた道がどうなっているのかを聞きたい。

（かなり冷えてきた。早く暗くなってほしい。火がほしい）

木の枝は拾っておいた。けれども、生乾きの枝を燃やすと煙がよく出る。襲撃が演習の範囲内の出来事なら煙をいくら出してもいいだろうけれど、もしも本当に何者かに襲われたのだとしたら、自分の位置を知らせるようなことはすべきではない。

「寒い……」

はぁ、と手に息を吹きかけそうになり、慌ててくちを閉じた。

白楼国の冬と同じ感覚でいてはいけない。湿気は凍傷のきっかけになるし、くちを開けるたびに身体の中が冷えてしまう。

（夜までもつかな。……やっぱり歩いた方がよかった？）

いやいや、と首を横に振る。ついでに手足を動かしておいた。深呼吸もしておく。

ここは雪山だ。勝手に動くよりも、動かない方が安全である。誰かに襲われたときだけ『とにかく逃げる』という選択肢が与えられるのだ。

正しい判断をしたのだと自分を励ましたとき、かすかな音が聞こえた。ずっと聞こえている風のうなり声とは違う。なにかを踏む音だ。

（足音⁉　誰かきた……⁉）

耳をすませ、小さな音に集中する。

枝葉がこすれる音、風の音、その中に混じるのは……——やはり足音だ。

(これは防寒靴の足音だわ。滑らないように金属の滑り止めがついていて、独特の音を鳴らす。歩き方からすると、猟師ではなさそう。……二人いるみたい)

傭兵部隊の誰かが茉莉花を探しにきたのかもしれない。布をはがして確認してみよう。

(よかった……！)

皆と合流できたら、夜を乗り越えることができる。早く焚き火にあたりたい。

自然と笑顔になったとき、喋り声が聞こえた。

——誰もいないようだな。

たった一言だけれど、強い風に乗って、茉莉花の耳にも届く。

茉莉花は悲鳴を上げそうになった。慌てて自分の手でくちを押さえる。

胸がばくばくと音を立てていた。かっと頭の中が熱くなったのに、手足は逆にすっと冷えていく。

(今のは、バシュルク語ではなくて、ムラッカ語だった……!!)

聞いたことは数回しかないけれど、発音の特徴なら知っている。

まさかそんな、と茉莉花は眼をぎゅっと閉じた。

軍人らしき男は、防寒靴を履いて、ムラッカ語を話していた。それが意味することは、あまりにも恐ろしい。

(ここは山道から見えないはず！　何度も確認した！)

今はじっとする以外のことをすべきではない。

——足音に耳をすませろ。どこからきて、どこに行くのかを探れ。

(足音は、西から東へ……首都に向かっている。軍人が二人で歩いていて、人がいるかどうかを確かめているのなら、部隊の移動前に安全かどうかを確認している斥候か、野営中の部隊による定期的な見回りだわ。どこまで離れているのかはわからないけれど、ムラッカ国の軍人たちがこの先にいるのは間違いない)

ムラッカ軍の部隊は、どれだけの規模なのか。どんな目的があるのか。

探りたいけれど、自分にはできない。こうやって息を潜めるだけで精いっぱいだ。

(あの軍人が戻っていくと同時にこの場を離れ、首都へ向かって走るしかない。もうじき完全に日が暮れる。ムラッカ軍の部隊はもう野営の準備をしているはず)

まだ時間はある。今すぐ駆け出す必要はない。

茉莉花は拳を握り、ぎゅっと力を入れる。それから力を抜く。

いつでも動けるようにと準備を始めた。

「……っ!?」

そのとき、風よけの布に大きな影が映った。

今度こそ悲鳴を上げそうになる。いや、上げたのだろう。ただ声にならなかった。

（ああ、駄目かも……！）

布と岩の隙間に、手袋をつけた手が差しこまれた。見つかってしまったのだ。

眼を閉じることもできずに呼吸を止めていると、囁き声が風にのって耳に届く。

「ジャスミン、声を出さないでくださいね」

アシナの声だ。今度は別の意味で驚いた。

手袋をつけた手は静かに布をめくり、外にいる人物が誰なのかを教えてくれる。

（アシナ……！）

茉莉花を見つけたのは、ムラッカ国の軍人ではない。アシナだ。

ほっとして、力が抜けた。聞きたいことがたくさんあるのに、声が出てくれない。

アシナはするりとこの空間に身体を滑りこませ、茉莉花の隣に黙って座る。それから無言で手を出した。つられて茉莉花も手を見せる。

——外にムラッカ国の軍人がいます。

茉莉花の手を取ったアシナは、茉莉花の手のひらに指で文字を書いた。

理解できたかという顔で見てくるアシナに、茉莉花は慌てて頷く。

——ムラッカ国の軍人は、西から歩いてきました。

今度は茉莉花がアシナの手のひらに指で文字を書いた。アシナも頷いた。

――アシナは無事ですか？　みんなは？

一番気になっていることを茉莉花が尋ねれば、アシナが文字で答える。

――僕も部隊のみんなも無事です。今から合流しましょう。

ムラッカ国の軍人たちは、もうじき見回りを終え、部隊に戻る。自分とアシナは静かに移動して、皆に合流する。それから首都に急いで戻り、首都の人たちに危険を知らせなければならない。

――矢を放ったのはムラッカ国の軍人ですか？　それともあの襲撃は演習に含まれていたのですか？

茉莉花が気になっていたことを確認すると、アシナは片手を額に当て、ぎゅっと眼をつむる。それから覚悟を決めたという顔になり、茉莉花の手のひらに文字を書いた。

――あれは不意をつかれたときにどう対応するのかという演習でした。

もしもアシナも演習であることをあの時点で知らなかったのなら、やれやれという表情になるだろう。しかし、アシナは気まずそうにしている。

（アシナは、襲撃されることを知っていたのね）

訓練の邪魔になるジャスミン・ラクテスを連れ出せと言われていたのだろうか。それとも別の意図が……。

――このような演習をすることになったのは、わたしがいるからですか？

まさかという気持ちで聞いてみたら、アシナは瞬きをする。それから茉莉花の手を取り、指で文字を書いた。

——僕は、貴女の頭の中にいる僕と同じように動いてしまうんですね。そうです。貴女が危機的状況でどのような判断をするのか、見たかったんです。無理に動かず、寒さ対策をして身を潜める。完璧でした。

どうやら茉莉花は、アシナによって危機的状況での判断能力を測られていたらしい。

アシナは完璧だと褒めてくれたけれど、この状況では喜ぶことができなかった。

——この演習は中止です。すぐに首都へ戻りましょう。

聞きたいことは他にもあるけれど、今は皆との合流を最優先すべきときだ。アシナの言う通りに動こう。

（……あ）

アシナのあとをついていくと、視界が開ける。

夕暮れも終わりかけている中で、雪に覆われている建物が遠くに見えた。

（首都だ……！）

外側は内側よりも低い位置にある。内側は外側からだと大きな壁や岩壁にさえぎられて見えなかった。しかし、ここからなら、内側にある石造りの建物がなんとか見える。

（あれが内側……）

茉莉花が内側(イネン)を見てしまったということは、ムラッカ国の軍人もここから内側(イネン)を見ていたのだろう。嫌な予感が眼の前をちらついた。

茉莉花(まつりか)はアシナと共に山道を走る。

走っている間に陽が落ちて真っ暗になり、足下(あしもと)がまったく見えなくなってしまったけれど、アシナがずっと手を引いてくれたので転ばずにすんだ。

「ジャスミン！　アシナ！　無事だったんだな！」

ようやく皆と合流できたときには、呼吸することさえもつらくなっていた。それでもアシナにとって茉莉花の足は、罵倒(ばとう)したいぐらい遅(おそ)かっただろう。

必死に呼吸を整えている茉莉花の横で、アシナは息を切らしつつも、はっきりとした声で緊急事態(きんきゆう)であることを告げる。

「ムラッカ国の軍人が入りこんでいます。おそらく、西の小屋に少しずつ人を集めていたのでしょう」

「……なんだって⁉」

「人数は不明。二人一組で見回りをしていました。夜ですが、今すぐ首都に戻り、第一戦(せん)

闘配備に切り替えましょう。ジャスミン、貴女は早く荷台に……失礼」

茉莉花が動けないほど消耗していることに気づいたアシナは、茉莉花の身体を抱き上げて馬車の荷台に乗せてくれる。

茉莉花はありがとうも言えない状態なので、軽く手を上げて感謝の気持ちを伝えた。

（息が苦しい……！）

どれだけ呼吸をしても、ちっとも楽にならない。

医学の時間に習った、息をしすぎているという状態なのだろう。このようなときは、少しずつ呼吸を整えていく……と書いてあったのだけれど、それだけのことが難しい。

（数をかぞえる。それに合わせて呼吸の間隔を開けていく）

茉莉花はもう大丈夫だと自分に言い聞かせた。

馬車に揺られながら身体を休めていると、しばらくしてからようやく頭が回り始める。

（これは敵襲でいいのよね……？）

なにが起きているのか、よくわかっていない。可能性だけならいくらでもあった。

（ムラッカ国の軍人が、旅人のふりをして橋を渡り、首都に入らずあの山道を通り、その先で待機していた）

アシナは『西の小屋』と言っていた。この山道の先には小屋があるようだ。なんのための小屋かはわからないけれど、ムラッカ国の軍人たちはそこに集まっていたのだろう。

(冬だからムラッカ軍の侵入にすぐ気づけなかった。雪が足跡を隠してしまうから)

冬の野外演習は、死と隣り合わせになる。

それでも行われる昨日と今日のような演習は、絶対に大丈夫という範囲内を少し移動し、いざというときのための対応を学ぶだけである。鍛えることを目的にしていない。

(ムラッカ国は、冬に西の小屋が使用されないことを知っていた。数年かけて調べ、準備していたのね)

珀陽は「どこの国もね、バシュルク国の情報を手にして、他の国に売るか、それを使って内側に攻めこみたい」と言っていた。どこの国よりも先にバシュルク国に近づいたのは、ムラッカ国だったのだ。

(ここから、ムラッカ国はどう動くつもりなのかしら)

ただの諜報活動なら、二人一組で歩くという目立つようなことはしない。となれば、やはりこれは軍事作戦の最中で、これから首都トゥーリを攻めようとしているのだろう。

(首都は、異国人でも出入りできる『外側』と、一部のバシュルク人しか住めない『内側』の二つに分けられている。学校も寮もお店も、すべて外側にある)

バシュルク国の首都トゥーリは、いざというときは『外側』を切り捨て、『内側』だけを守るという構造になっている。茉莉花たちが危険を知らせれば、全員『内側』に避難するだろう。

（外部から内側を攻略するのは難しい。内側から穴を開けるしかない）

自分がムラッカ軍の軍師なら、自分たちが橋を渡ったことをわざとバシュルク国に知らせ、外側のみんなを内側に避難させる。

緊急避難になれば、あらかじめ商人のふりをして外側に住まわせておいた自国の軍人も、内側に入れてもらえるだろう。

（ムラッカ国がどうするつもりなのか、ある程度のことは予想できる。今ならそれに対応できる。……大丈夫。上手くやれば外側の被害も少なくなるはず）

茉莉花は大きく息を吸う。

「アシナ！　焦る必要はありません！　内側への緊急避難は慎重に！　絶対に外側で暮らしている人をそのまま通さないでください！」

馬車の荷台から顔を出し、声を張り上げる。なんとかアシナにこの声が届いたのだろう。アシナは振り返り、わかったと頷いてくれた。

「ジャスミン、貴女は学校の教師に報告を！　そのあとは生徒として教師の指示に従ってください！」

住民の避難誘導を手伝いたかったけれど、避難の手順を知らない自分はアシナの指示に従うべきだろう。

夜遅くになってようやく首都に到着した。アシナは傭兵部隊から離れ、首都の内側に向かって駆け出す。しかし、すぐに振り返り、茉莉花に向かって叫んだ。

「ジャスミン！　学校へ！」

「はい！」

茉莉花の足は使いすぎたせいで震えているけれど、そんなことを言っている場合ではない。荷台でずっと休ませてもらっていたのだ。ここから学校まで走って、皆へ早く避難するように伝えなくてはならない。

「ジャスミン・ラクテスです！　アシナリシュ・テュラからの伝言です！　ムラッカ国の軍人たちが橋を越え、こちらに向かっています！　今すぐ避難を！」

茉莉花が寮に駆けこんで叫べば、談話室にいる人たちが「なんだって⁉」と驚いた。

「いや、あの橋を越えるなんて無理だろう？　なにかの間違いじゃ……」

「橋を越えたぁ？　ありえないって。そんなことがあったら、橋の向こうの見張り台から橋の見張りへ連絡が入るようになっているんだからさ」

茉莉花の報告を疑うような言葉が次々に出てきたとき、鐘が鳴った。三回連続で鳴らされたあと、ひと呼吸おき、次は二回連続で鳴る。

「これは……避難命令だ！」

茉莉花以外の皆は、避難の合図を知っていたらしい。寮監が「落ち着きなさい！　急いで！」と叫びながら寮内を走り回る。学生たちは荷物をもって降りてきて、寮長(りょうちょう)は寮から飛び出していく生徒の数をかぞえていた。

「よし、これで全員だ！」

寮長が寮監に報告すると、寮監は寮の出入り口の扉に鍵(かぎ)をかける。

「君たちは内側(イネン)まで走りなさい！　私は街の人の避難誘導を手伝う！」

「はい！」

茉莉花は急いで寮を出る。すると、学校の門のところでイルが待っていた。

「ジャスミン！　こっち！」

イルが荷物をもってくれる。はぐれたら大変だと、手も握ってくれた。

外側(アオセン)で暮らしている人たちがあちこちから出てきて、内側(イネン)に向かって走り出す。

「この内門の先が内側(イネン)だよ！」

内門のところに傭兵が立っている。

茉莉花は学生の証(あかし)である木札を見せるために荷物を探った。

「木札を……」

「そんなのいいから！　早く入りなさい！」

見張りが茉莉花を叱る。ちょうどそのとき、また鐘が三回鳴り、ひと呼吸おいて二回鳴った。見張りは「ほら！」と茉莉花を促す。

「これは敵が橋を渡った音だ！　すぐにくる！　内側にいれば安全だから！」

違う、と茉莉花は思いながら内側に入った。ムラッカ国の軍人はたしかに橋を渡った。けれども彼らは山道にいて、今すぐ首都に入ろうとするわけではない。

バシュルク国にはかなりの余裕がある。この内門で外側からくる人たちの身元を確認し、異国人だけは別の場所に連れていき、見張りをつけておくこともできるのだ。

（アシナに言っておいたはずなのに……！　命令が上手く伝わらなかったのかもしれない！）

バシュルク国の傭兵部隊は、高度な教育を受け、最高の傭兵だと言われている。それなのに、なぜ優先すべきことを間違えてしまったのか。

バシュルク国の二つの弱点のうちの一つが、見事に利用されたからだろう。

——バシュルク国の首都は、大きな犠牲を払えば落とせるかもしれない。しかし、首都を落としても得るものはない。だから首都は絶対に攻めこまれない。

茉莉花は、ずっとこの首都の落とし方を考えていた。ムラッカ軍が橋を渡って近くにいるとわかったときも、先を越されたという感覚でしかなかった。

けれども、バシュルク国の民にとっては、ありえないはずの危機が訪れたのだ。茉莉花が雪山で一人になったときのように、冷静でいられなかった。恐怖で混乱し、早く避難することしか考えられなくなったのだ。

「内門の見張りを増やして、異国人はここで一旦待機させてください！　内側の中で自由にさせてしまうと大変なことになります！」

「ジャスミン！　こんなときに区別なんかしていられないよ！」

「まずは自分の身を守ることを優先しなさい！」

イルも見張りの傭兵も、どれだけ危険なことをしているのか気づいていない。

――どうしよう！　わたしだけでは説得できない……！

もしここが白楼国だったら、官吏たちが集まってきて、話を聞いてくれただろう。禁色の小物をもつ文官である茉莉花には、その力があるのだ。

（ここだとわたしはただの学生でしかない……！）

見ていることしか許されなくてもどかしい。アシナなら話ぐらいは聞いてくれるかもしれないけれど、そのアシナはいなかった。

「学生の避難場所はこっちだよ！」

イルに手をひっぱられ、茉莉花は一歩踏み出す。

そのとき、視界に入ってきたのは石造りの家の窓だ。家の住人が外を確認するために窓を開けていて、不安そうな顔をしていた。

「……窓が」

火災に強い石造りの家だから、道幅が広いから、首都の主要部は燃えない。

そんな話を事前に聞いていたから、窓にもっと金をかけていると思っていた。

（ここも二重窓⁉ 油を塗った羊皮紙を貼っている……！）

茉莉花の眼に燃え盛る炎が映る。

——ああ、駄目だ。強い風が外側から内側へ吹きつけている。

外側を燃やすのは簡単だ。誰かが外側で火を放てば、冬の強い風によって大きな炎になるだろう。なにもしなくても外側は火の海になる。

外側の炎は、火の粉という形で風に乗り、内側へ届けられる。内側の気温がどんどん上がる。いずれは油を塗った羊皮紙に火がつく。

それだけならいいのだ。窓と窓枠が燃えて、もしかすると家具も燃えるかもしれないけれど、建物が燃えるわけではない。

（そう、ただの家なら問題ない）

——ただの家ではなく、食糧庫だったら？

倉庫の中身が燃え始めたら、もうどうすることもできない。

（バシュルク国は、自給自足ができない。食糧を失えば、傭兵部隊を使って攻めこんできた敵を倒すという方法を選ぶしかない。でも、あの狭い橋で待ち構えられていたら不利だ

わ。勝てなかったときは和平交渉に挑むしかない。一方的な条件を呑むことになる）

ムラッカ国は内側の建物の窓のことを知っていたのかもしれない。いや、知っていたから、わざわざ冬を選んで攻めてきたのだ。

（とにかくアシナを……！）

イルと一緒に走りながら、茉莉花が視線を左右に動かしてアシナを探していると、イルの足が突然ぴたりと止まった。

「ジャスミン、異国人用の避難場所はあの建物だよ」

イルの指が差したのは礼拝堂だ。

傭兵が入り口に立ち、きょろきょろしている人にこっちだと教えている。

「わたしは異国人として避難した方がいいのかしら。でも、戦争時は学生も傭兵部隊の支援のために動員される……のよね？」

茉莉花が授業で習ったことをくちにすると、イルが振り返る。イルは泣くのを堪えているような瞳を見せた。

「ごめんね。私はジャスミンと一緒に行けないんだ」

「……イル？」

「ずっと騙してた。……本当にごめん。私は学生じゃなくて、もう傭兵なんだ。異国人を見張れって言われて、もう一度学生をやっていただけ」

茉莉花は驚いた。それは、イルのくちから語られた真実にではない。イルが真実を語ったことに対してだ。

「あのね、よく聞いて。ジャスミンは傭兵に向いていない。学生は傭兵に準ずるから、なにかあったら戦わないといけないんだ。ジャスミンには無理だよ！」

「……！」

イルもアシナも、茉莉花が傭兵になることを望んでいるような態度を見せていた。

けれどもここにきて、イルは真逆のことを言い出す。

「ずっと嘘をついていたけど、ジャスミンのことは友だちだと思ってたんだ。本当だよ。だからお願い、私の言うことを聞いて。学生じゃなくて異国人として避難して！」

イルは傭兵で、ジャスミン・ラクテスを傭兵部隊に勧誘しなければならない立場だ。

しかし今は仕事よりも友情を優先し、安全な場所に行けと叫ぶ。

(わたしは……、ただの普通の女の子ではない)

一人で和平交渉に行ったこともあるし、敵地で人質になったこともあるし、捕まって出口のない坑道に閉じこめられたことだってある。

「わたしは大丈夫！　イルと一緒に学生として避難するわ！」

茉莉花がイルの瞳を見つめ返せば、イルの手が茉莉花の腕を離した。

「私は避難しないよ。だって私は傭兵だから、ここを守らないと」

イルは学生ではない。

これから、傭兵として戦わなければならない。

——わかっているのに、理解したくなかった。

イルはまだ十四歳だ。茉莉花にとって年下の女の子だ。守られる側でいるべき相手だ。

「戦争から逃げてきたのに、またここでも戦争だなんて嫌だよね。でも大丈夫！　絶対に私がジャスミンを守ってあげるから！」

「待って！」

茉莉花は手を伸ばす。けれども、イルの腕を摑めなかった。イルはもう走り出している。

「ジャスミンはちゃんとその建物に避難して！」

「イル！」

茉莉花は慌ててイルを追いかけた。しかし、すぐにイルは見えなくなる。足の速いイルに追いつけるわけがない。

「そんな……」

茉莉花は外側に視線を向けた。まだ暗闇に包まれているけれど、そのうち赤く染まるだろう。

「だって今から……」

ムラッカ国がこれからどうするのか、茉莉花には見えている。

そして、炎に包まれた外側にイルがいたら、なにをするのかも。

——学校が燃えたら、イルは消火しようと走り回る。イルにとって大切な思い出がつまっている場所だ。見捨てられるはずがない。

イルは炎に襲われて、大火傷を負うかもしれない。

消火活動中にムラッカ軍に襲われて、大怪我をするかもしれない。

こんなにもイルのことがわかるのに、どうして止めることができなかったのだろう。

——ずっと騙してた。……本当にごめん。

違う、と茉莉花は呟いた。胸が痛くて苦しい。

「わたしは、イルがただの学生ではないことを知っていた。だから気にしなくていいの。謝るのはわたしの方。だってわたしも、イルにずっと嘘をついていた……！」

白楼国の間諜なのに、気の毒な人生を送ってきたふりをしていた。

イルはそのことに気づかず、茉莉花を友だちだと思ってくれた。傭兵としての自分よりも友人への情を優先し、心配してくれた。

「どうしたら……」

茉莉花の眼の前に、二つの道がある。

傭兵学校の生徒として、みんなに合流して、いざというときは戦う。

白楼国の文官として、異国人のふりをして避難し、この身を守ることを優先する。

選ぶべき道はもうわかっている。自分は、白楼国の文官だ。

(白楼国はムラッカ国との諜報戦争に負けた。傭兵学校へ潜入する意味はもうない)

イルの言う通りにすべきだ。けれども足が動かない。

——ううん、異国人でも、ただの学生でも同じ……!

道は二つに分かれているけれど、行き先は変わらない。茉莉花は、首都トゥーリが燃えていくところを見守ることしかできないのだ。

「わたしは、これでいいの……?」

イルは自分の正体を明かし、友だちへの情を優先し、守ると言ってくれた。それなのに、自分はなに一つ返せていない。

情けなくて胸が締めつけられる。ただつらい。

——この仕事って、ときどき罪悪感がすごくてさ。悩むこともよくある。

大虎の言った通りになってしまった。

きっと自分は、傭兵に向いていないのではなくて、諜報活動に向いていないのだ。

罪悪感に勝つことができなかっただけではない。なにも手に入れられなかったし、なにも返せなかった。

「わたしは……」

どうしたいのかはわかっている。イルをこのままにしておきたくない。でもそれは皓茉莉花としての感情だ。

（これは、ただのわがままでしかない）

泣きそうになり、慌てて夜空を見上げた。涙を流す資格なんて自分にはない。

暗闇から雪が降ってくる。思わず手を伸ばせば、指に落ちた雪がするりと溶けた。それが続いて雫となり、茉莉花の涙の代わりに指を伝う。

「珀陽さま……」

──舞い落ちる雪を見ながら、わたしは珀陽さまを想うでしょう。

あの約束を今ここで思い出してしまう。こんなときにと嘲笑ってしまった。

そして、この場にいない珀陽へ問いかける。

「わたしは、どうしたらいいんですか？」

きっと珀陽は、白楼国で冬の空を見上げている。

あの人は問いかけられたら、きっと……。

──茉莉花も私のように、もっと強欲な人間になれ。

珀陽の手紙に書かれていた言葉が、雪と共にふわりとこの手に落ちてきた。

──欲深さは前へ進む力になってくれる。そして、君の願いは、文官の君が叶えてくれる。その力をもう得ているはずだ。

茉莉花は、手をぎゅっと握りしめる。

この手に珀陽の想いがしっかり残っていた。

――だからこそ、最後は自分の情を大事にしてあげてね。人って、優しさがないと生きていけないよ。僕も、茉莉花さんも。

胸の中にしみこんでいた大虎の優しさが、茉莉花の手を包みこんでくれる。

いいんですか、と夜空に向かって声を絞り出した。

「強欲な人間になって、今からでも白楼国を諜報戦争で勝たせたいと思って、イルを助けたいと思って、この国を救いたいと思って、本当にいいんですか……!?」

昨日までの自分は、そんなことはできないと言う。

でも、今日の自分は、情けない昨日までの自分に勝ちたいと言う。

――ここを、『白楼国の文官だから』ですませようとする自分に負けたくない……!!

自分への問いかけの答えは、自分の心の中にあった。

「自分の限界を超える。……それを文官のわたしが叶える」

ただの異国人でも、ただの学生でも駄目だ。白楼国の文官としての昨日の自分でも駄目だ。この願いを叶えることはできない。

(新しい点がほしい)

茉莉花は、今あるものを点にし、白紙に書き入れ、それらを線で繋ぎ、答えをつくっていた。いつものこのやり方のままでは、欲深い願いを叶えることはできない。

「自分で点をつくるしかない。……まずは」

あそこから、と茉莉花は歩き出す。

異国人の避難先になっている礼拝堂の門のところで、見張りの傭兵に声をかけた。

「イル・オズトから『ジャスミン・ラクテスに関してアシナリシュ・テュラに伝えてほしいことがある』と頼まれました。緊急のもので、絶対に直接伝えてくれと頼まれてしまったので、アシナと話ができるようにしてもらえませんか？」

「……伝言？」

見張りは他の傭兵を呼び、相談を始める。

声は聞こえなかったけれど、傭兵のくちが「念のために」と動いた気がした。

「どうなるかわからないから、君は中で待っていてくれ」

アシナを連れてくるとも、アシナのところへ連れていくとも言ってもらえなかった。

それでも一歩前進だと思いながら、茉莉花は礼拝堂に入る。

女神像が見守る中、皆は不安そうな顔をしていた。

（あの人もいるのかな……？）

茉莉花は、本当の意味で一人きりの潜入をしていたわけではない。

外側で商売をしている異国人の中に、白楼国の間諜も混じっていた。茉莉花はその人に、とても大事なものを預けていたのだ。

「……ここ、いいですか？」

とある男の横に、一人ぐらいなら座れそうな余裕がある。

茉莉花が声をかけると、男は黙って頷いた。ほっとしながらそこに腰を下ろすと、ひやりとする。なにも敷いていない床の上はとても冷たい。礼拝堂の暖炉に火を入れてほしいけれど、おそらく傭兵たちにそこまでの余裕はないだろう。

（寒い……）

茉莉花は両手で肩を抱き、腕をさする。みんなしている仕草だ。不自然さはない。

それから片腕だけ下ろし、床に指をそっとつけた。白楼語で『花が必要です』と書く。

隣の男は、それに気づいていないように見えるけれど、絶対に気づいているはずだ。

しばらくすると、男は荷物を探り始めた。

「おっと……」

男の荷物の中から、ぽろりと小さな包みがこぼれ落ちてくる。飴の包みだ。

見張りは一度だけこちらをちらりと見たけれど、茉莉花が飴を返しているところを見たあとは興味をなくし、視線を元に戻した。

（わ、すごい……！）

気づいたら、茉莉花の外套の内側に『花』が入れられている。どうやって移動させたのか、さっぱりわからないぐらいの早技だった。

茉莉花はそれを外套の隠しに急いで入れたあと、視線だけを動かして周囲を観察する。

（わかりやすく疑わしい人は、さすがにいないみたいね）

ムラッカ国の間諜を捕まえて、色々吐かせて……なんていう楽な道はないようだ。

（やっぱりわたしには、アシナの信頼が必要だわ）

アシナにこれから起こることを説明したら、ある程度は信じてくれるだろう。

しかし、それだけだ。あとをアシナに任せなければならない。それでは点が足りない。

（白楼国の晧茉莉花であることを明かす？　……いいえ、逆に疑いをもたせることになるかも。学生のままアシナからの信頼を強固なものにする方法はないの……⁉）

これまで色々な人と関わってきた。多くの者から信頼される人物もいた。

その人たちは、地道な努力によって、結果を出すことによって、この人ならばと思わせてきたのだ。

（その中でも、一番恐ろしいと感じたのは……）

潜入先の国の統治者から、宰相にしてやると言われた芳子星。

珀陽に「ちょっとこう、信仰に近い尊敬を集めるのが上手いよね」と言われた人だ。

そして実際に、翔景は子星を学問の神さまかなにかのように崇めている。

茉莉花もまた、子星の言うことに間違いはないと絶大な信頼をよせていた。

（わたしがアシナに、信仰のようなものを与えることができたら……）

練習もなしにできることだろうか。下手にやれば、アシナの不信を買うだけになる。

ぎりぎりのところで悩む茉莉花の背中を押してくれたのは、翔景の言葉だった。

──私は貴女といると、自分の能力を過信しそうになるときがあります。貴女の能力は人を惑わすこともできます。

(……翔景さん。貴方の言葉を信じてもいいですか?)

信仰もどきを集めるやり方は、珀陽が教えてくれた。

翔景が、それと似たような感覚を得たと話してくれた。

──頭の中にいるアシナで練習してみる。まったく無理というわけではなさそうだ。

……なら、やるしかない。

今ここでアシナの信頼を得なければ、最悪の展開にずるずると引きずりこまれる。

バシュルク国が誇る要塞都市は焼け落ち、バシュルク国の傭兵の価値が下がる。

バシュルク国の傭兵の価値を下げたのは、ムラッカ国だ。白楼国は後れを取る。

茉莉花は、珀陽の命令をなに一つ果たせないまま、イルになにも返せないまま、肩を落として白楼国へ帰ることになる。

そんなことにはしない、と覚悟を決めたとき、扉が勢いよく開いた。

「軍事顧問官のアシナリシュ・テュラだ。中にいる者に用がある」

アシナがきてくれた。

茉莉花は立ち上がり、手を振る。すると、アシナは驚きながら駆けよってきた。

「ジャスミン⁉ 貴女がどうしてここに……⁉」

アシナは、学生と一緒に避難しているはずの茉莉花がここにいる理由を、説明してほしそうだった。茉莉花は「ちょっと……」とだけ言っておく。人前ではくちにできない理由だと、これで伝わるだろう。

「……わかりました。外で話をしましょう」

アシナは見張りに問題ないと言って、茉莉花を連れ出してくれた。

灯りをもって外に出れば、先ほどまでの騒がしさは消えている。住民の避難がほぼ完了したのだ。

（アシナは軍事顧問官だと言っていた。偉い人だとは思うけれど……）

バシュルク国の傭兵部隊について、詳しいことはなに一つわかっていない。どういう組織になっているのかも、子星が十年前に得てきた情報しかなかった。

少なくとも、三年生にいるアシナは、部隊長の経験があるはずだ。そして、軍事顧問官という響きからすると、傭兵部隊の運用にも関わっているだろう。

「とりあえずここでもいいですか？」

「はい」

アシナは、とある建物の中に入り、手にもっている灯りを卓の上に置く。中には誰もいない。風が当たるところでの立ち話は気の毒だと思ってくれたのだろう。

（……やるしかない）

ムラッカ国はきっと、気づかれたことを知った。

すぐ外門に駆けつけ、火をつけるだろう。急がなくてはならない。

――『その一、狭いところで孤立させる』

この建物の中が狭い場所と言えるかどうかはわからない。しかし、アシナに「正気に戻れ」と言える人はいなくなった。

――『その二、共通点をつくる』

今すぐ用意できる共通点はたった一つしかない。

その一つに、可能な限りの重みをもたせよう。

「……アシナ、これからどうなるのかわかりますか？」

茉莉花はアシナの眼をじっと見つめる。

アシナの薄い緑色の瞳は、自分というものをまだしっかりもっていた。

「これから、ムラッカ国の部隊が首都にやってきます。そのまま攻めこむのか、それとも首都から少し離れた場所で様子を見るのかは、まだ読めません」

茉莉花は首を横に振った。ムラッカ国は様子を見るなんてしない。

「鐘が鳴りました。わたしたちは『ムラッカ軍がきていることに気づいている』と示してしまいました。ムラッカ軍は隠れる意味をなくしています。計画通りに攻撃を開始するでしょう」

茉莉花は外門の方を指差した。そこには傭兵部隊がいて、山道や橋から攻めこもうとしているムラッカ国の兵士を今か今かと待っているはずだ。

「アシナ、ムラッカ軍は首都の外門を突破できると思いますか？」

「外門は頑丈につくられています。突破するまでかなりの時間がかかるでしょう」

「首都の中に間諜が入りこんでいます。間諜が中から外門を開ける可能性もあります」

「間諜が数人近づいてきたとしても、傭兵部隊が追い払います」

ムラッカ軍は、橋を渡ってしまっているけれど、首都の外門の攻略に手間取るため、外側にすぐ入ってくるわけではない。

だから皆、まずは外門で首都を守ろうとしていた。しかし、それでは駄目なのだ。

「アシナ。わたしは授業で要塞攻略の基礎を習いました。まずはどうするのかを覚えていますか？」

軍事の授業をアシナと一緒に受けたとき、その話が出ていた。

アシナの視線が左下に向けられる。その直後、眼が見開かれ、瞬きをした。

「外側を燃やす……⁉　そうか、この乾いた風があれば簡単に……！」

はっとしたあと、アシナは息を呑む。

なぜこんな簡単なことをアシナがすぐに思いつかなかったのか。

バシュルク人は皆、『異国が攻めてくることはない』と思っている。その上でもしもを考える人がいても、『異国が攻めてくるのなら冬以外の季節だ』と思いこんでいる。

アシナでさえも、首都外から首都の外側へ、首都の外側から内側へと吹く強い風のことを、一度も気にしなかったのだろう。

「建物が燃えたら傭兵部隊は消火活動を始める！　外門の警備が手薄に……！」

「はい。数人の間諜がいれば、外門を開けることができるでしょう。ムラッカ軍は外側へ簡単に入ることができてしまうんです」

茉莉花の瞳は、炎のように揺らめき、これから起こる悲劇を言葉にしていく。

「このことに気づいているのは、おそらくわたしとアシナだけです。皆は、初めて経験する首都への攻撃に動揺しています。この先を読む余裕はありません」

アシナの瞳がようやく揺れた。不安が心の中に生まれたのだ。

「僕と、ジャスミンだけ……」

茉莉花は、アシナとの共通点を無理やりつくる。

どうかアシナの心に少しでも自分の言葉が響いてほしいと祈った。

「わたしは、赤奏国でもサーラ国でも戦争を経験しています。だから今も『またか』と思うだけなんです。……アシナには今、なにが見えていますか？」

「僕は……」

　アシナには、燃えている外側（アオセン）が見えている。

　木造の家に炎がつけば、次々に延焼し、いずれは消火が追いつかなくなる。炎の壁が生まれれば、身の危険を感じた傭兵部隊は内側（イネン）に撤退（てったい）するしかなくなる――……。

「アシナ、傭兵部隊が消火活動中に襲われたらどうなりますか？」

「……下手をすれば、壊滅（かいめつ）します。炎の中で不意をつかれたら半数以上が失われるどころではない。生き残れるのは何人なのか……」

　今は冬だ。雪山の中にある要塞都市に攻めこもうとする軍はいない。

だから冬の間、傭兵部隊は異国の仕事を積極的に引き受けていた。冬のバシュルク国の首都は、一年で一番守りが薄くなるのだ。

（ムラッカ国は、冬に軍を動かすという危険な決断をした。バシュルク国の傭兵部隊を壊滅させる好機はここしかないから）

　このままムラッカ軍の思い通りになれば、首都が燃え、傭兵部隊が壊滅する。

　バシュルク国はムラッカ国に降伏（こうふく）しなければならなくなる。

「今なら傭兵部隊をすべて内側（イネン）に撤退させることができるかもしれません。外側（アオセン）の火が燃え尽（つ）きるのを待てば……！」

　内側（イネン）を守るために、外側（アオセン）を切り捨てる。

元々、首都はそのつもりでつくられているのだ。内側(イネン)さえ守り切れば、バシュルク国の評価が下がることもない。アシナのこの判断は間違っていない。

でも、正しくても、納得できるものではないのだ。

「外側(アオセン)が燃えていくのを見守れと皆に言えますか？　絶対に今すぐ従ってくれますか？」

茉莉花が問いかければ、アシナの瞳がまた揺らめいた。

外側(アオセン)だって国の一部だ。そこには色々な店が並んでいて、みんなで通った傭兵学校があって、あちこちに思い出がつまっている。

「それは……」

アシナの左手の薬指が机をひっかいた。まだ火もついていない場所を今から切り捨てろと提案したら、上の人たちは頷いてくれるだろうか。

アシナは『気づいているのは自分とジャスミンだけ』という茉莉花の言葉に囚(とら)われてしまい、視線を左下に落としながら最悪の想像をしてくちびるを噛む。

「今のうちに切り捨てろと言える人は、わたしたち以外にいないかもしれません」

茉莉花の言葉は、アシナの心にじわりと染みていった。

「……そうかもしれませんね。僕は軍事顧問官で、どの仕事をどの傭兵部隊に任せるかを判断しています。首都の防衛の責任者は僕ではありません。僕より上の人が早期撤退に反対したら……」

アシナに、茉莉花の言葉の毒がじわりじわりと効いてきている。アシナは大事なことを異国人にうっかり教えてしまっていることに気づけていない。

「アシナ、外側が燃えたら内側がどうなるかわかりますか？　……わたしには見えます。貴方にも見えるはずです」

茉莉花はアシナの瞳に再び炎を映させた。

ここからは少しずつ映るものをはっきりさせていく。

「外側の家は木造のものが多い。一度火がつけば風に煽られ、どんどん勢いを増していく。それは内側にも近づいてくる。……でも、それだけではないんです」

ほら、と茉莉花は窓をあけ、風見鶏を指差した。

「風はどこからどこへ吹いていますか？」

茉莉花の質問に、アシナはすぐに答えた。

「外側から内側へ……」

「そうです。火の粉はどこへ？」

「内側の中に……。ですが、内側に燃えるものは少なくて……」

茉莉花はアシナの手を取る。アシナの手を、窓に触れさせる。

手についたのはぬるりとしたもの。羊皮紙に塗られた油だ。

「なにが塗ってあるのか、アシナにはわかりますよね」

「……そうだ！　窓枠は木を、窓は油を塗った羊皮紙で……！」

「火の粉は内側まで飛んできて、窓を燃やします。室内に火が入ることもあるでしょう。ただの民家ならいい。けれども、絶対に燃えてはならないものが、内側にあるはずです」

絶対に燃えてはならないもの——……この街の人たちのための食糧だ。

アシナの瞳の色が濃くなる。恐ろしい未来を見て、頭に血が上ったのだ。

怒りを感じたときのアシナの変化、茉莉花はそれをしっかり記憶した。

「今すぐ食糧庫に傭兵部隊を配置します！」

まだ間に合うというアシナを、茉莉花は引き留める。

「駄目です！　それは内側に入りこんだ間諜へ火をつける場所を教えるようなものです！　先に油をまかれてしまったら⁉」

アシナはそのとき、茉莉花がなぜ「内側への緊急避難は慎重に！　絶対に外側で暮らしている人をそのまま通さないでください！」と叫んでいたのかを理解した。

外側に住んでいる人たちの避難を、もっと慎重に行うべきだったのだ。しかし、もう間諜は内側に入りこんでいる。彼らは外門や内門を開け、大事なものを燃やしてしまう。

「なんてことだ……！」

——『その三、自分について改めて考えさせる』

アシナはきっと、軍事顧問官である自分に誇りをもっていただろう。

しかし、たった今、茉莉花に悲惨な光景を見せられたことによって、軍事顧問官なのに街を救えなかったという未来を想像してしまった。

もっと早くに正しい判断ができていればと、自分を責めている。

(アシナは、自分を責めるときに右側の奥歯を噛み締めるのね)

これも覚えておこう、と茉莉花はアシナの観察を冷静に続ける。

「このままではいけない！　どんな手を使っても食い止めなければ……！」

焦り、怒り、虚しさ。アシナの強い感情が、すべてアシナ自身に向けられていく。

(アシナは無力であることに絶望しかけている。……かすかな光を探している)

茉莉花はようやく手応えを感じた。

アシナを揺さぶれている。冷静にさせてはいけない。

「今は手段を選んでいる場合ではありません」

――『その四、新しいことをやらせ、認める』

アシナは今、希望を求めていた。

茉莉花はそれでいいと同意し、その気持ちによりそう。

「バシュルク国を救えるのは、きっとわたしたちだけです。わたしたち次第で、悲しい未来を変えられるはずです」

――自分にしかできないことをするのは格好いい。

かつて異国の司祭に教えてもらった言葉だ。

救えるのは自分だけという甘い言葉で、アシナを酔わせる。判断力を鈍らせておく。

「僕たちなら……できるんですか？」

アシナが眼を細めた。茉莉花の言葉に希望を見出そうとしている。

「わたしと同じものが、アシナには見えるはずです。この街の未来……それを変えるための方法も、今の貴方ならわかるはず」

――『その五、新しい自分になったのだと勘違いさせる』

先ほど、自分の力のなさを悔やんだアシナは、どうにかして自分の限界を超えたいと望んでいるはずだ。そんなときに、茉莉花が傍にいて、導いてくれる。

ほら、と茉莉花はふわりと微笑む。

アシナはその柔らかな微笑みにつられ、ほっとした。唯一の希望を、ついに茉莉花の中に見出してしまった。

「やれることがあるのならやりましょう……！」

いつものアシナなら、「とりあえず話を聞かせてください」と冷静に言えるはずだ。

こんな風に話を聞く前に飛びつくようなことはしない。

（時間が経てばアシナも冷静になる。……わたしにできるのは、一時的な信仰を得ることだけ。でもそれだけでも充分だわ）

いずれアシナは後悔するだろう。

茉莉花はそのことに罪悪感を抱きながらも、覚悟を決めた。

「わたしたちには、自由に動ける傭兵部隊が必要です」

茉莉花は外套の内側を探る。小さな木箱が指に当たった。

指が震えている。ここまで上手くいっているように思えるけれど、本当は上手くいっていないかもしれない。失敗したら、自分がどうなるのかわからない。

（それでも、わたしの願いをすべて叶えるためには、アシナの信頼が絶対に必要だわ）

宮女や女官という仕事を経験してきた茉莉花は、今あるものでどうにかしてきた。それでいいと思っていた。

しかし、色々なことが変わってしまったのだ。もうただの新人文官ではない。皇帝陛下から禁色の小物を頂いた将来有望な文官になってしまった。

——足りないものを、自分で用意する。それができる。

あとはいつも通り、点と点を繋いで答えをつくるだけだ。

「これを」

茉莉花はアシナの手に木箱を載せる。結んである紐を解き、中身を見せた。

ぼんやりとした灯りに照らされているのは、紫水晶でつくられたジャスミンの花が咲く、美しい歩揺だ。一目見るだけで高価なものだとわかるだろう。

「大事な人から頂いたものなんです。売ればかなりの値段になるでしょう」

「たしか、東方の国の髪飾り(かみかざ)りですよね……？」

見事な細工にアシナは眼を奪われる。

茉莉花は深呼吸をし、箱ごとアシナの手を握った。


「――これで、傭兵部隊を雇(やと)わせてください……！」


バシュルク国は傭兵業で稼いでいるけれど、仕事をしっかり選んでいる。繋がりのない国や集団の依頼(いらい)は、絶対に断る。運よく雇い主になったことがある人に傭兵部隊を紹介してもらえたとしても、あくまでも紹介だけだ。傭兵部隊の派遣を依頼することができても、間違いなく断られる。

「わたしの指示に従う傭兵部隊が、どうしても必要なんです！」

茉莉花は、そのバシュルク国の傭兵部隊の雇い主になりたいのだとアシナに訴えた。

これはアシナにとって、断るべき依頼である。

しかし、茉莉花の言う通りにすべきだと思ってしまった。

アシナは茉莉花の言う通りにできなかったことで、一度後悔している。

「ジャスミン……」

アシナは、視線を左下に落とし、左手の薬指で机をひっかいた。戸惑い、考え、迷っているのだ。ここでアシナを正気に戻してはいけない。

「これは軍事顧問官であるアシナにしかできないことなんです……！ 首都の防衛の責任者の命令を聞かなくてもいい、わたしたちの指示に従ってくれる傭兵部隊が一つでもあれば、このあとの悲劇を回避(かいひ)できるかもしれません……！」

茉莉花はアシナを見上げた。

唯一の希望は、自由に動かせる傭兵部隊なのだと眼で訴える。

（アシナは、情だけでは傭兵部隊を動かしてくれない。でも、お金を出せば、傭兵部隊を雇うという形ができて決断しやすくなるはず……！）

傭兵部隊を雇う対価として差し出したのは、皇帝『珀陽』から与えられた禁色を使った小物だ。これは国の未来を背負う証でもある。異国の人間に渡すべきではない。茉莉花だってそんなことはわかっていた。

——路銀が足りなくなったら売ってもいい。あれはまたつくれるものだから。

珀陽は便利な道具として扱うことを許してくれた。今がきっとそのときだ。

「これでは足りませんか……!?」

差し出せそうな高価なものは、他にもあるだろうか。必死に考えていると、アシナの表情がふっとゆるんだ。

「……高価なものだということはわかります。ですが、鑑定（かんてい）してもらわないと、雇える金額になるのかどうかの判断ができませんね」

鑑定して金に替えてくれる質屋（しちや）がいればどうにかなりそうだ。外側（アオセン）に住んでいるバシュルク人の避難場所を教えてもらおう。

アシナは、茉莉花の今すぐにでも走り出しそうな気配を感じ取ったのか、苦笑（くしょう）する。

「足りない分は、僕がなんとかします。一部隊だけになりますが、貴女の依頼に応えましょう」

「アシナ……！」

茉莉花は禁色を使った歩揺を箱にしまい、紐をしっかりと結ぶ。そして、この箱をアシナに渡した。

「ジャスミン、簡単な契約書をつくらせてください。契約書がないとあとで問題になるので、形だけでも整えておきたいんです」

アシナは、もち歩いている筆記具と羊皮紙を取り出し、文字を書いていった。

「ここにサインを」

契約書の文面は、とても短くて簡単なものだ。アシナの言う通り、本当にとりあえずの契約書である。

茉莉花は、アシナから羽ペンを受け取った。

「……あ、待ってください。サインは『ジャスミン・ラクテス』ではない名前にしてもらってもいいですか？」

ペン先が羊皮紙に触れる直前で、アシナが注文をつけてきた。

「ええっと、赤奏国(せきそうこく)での名前……『献翡翠(けんひすい)』を書いてほしいということですか？」

「いいえ、そちらも使わないでください。雇い主はサーラ国人でも赤奏国人でもないことにしておきたいんです。国が関わってくる話になるとやっかいですから」

茉莉花はなるほどと頷(うなず)いた。

「わかりました。……なら、花の名前でも書いておきますね」

茉莉花はアシナの指差したところに名前を書く。

アシナは、書かれた名前が『ジャスミン・ラクテス』でも『献翡翠』でもないことを確認してから自分の名前を書いた。

(わたしの頭の中のアシナは、わたしに叉羅国(サーラこく)での名前も赤奏国での名前も書かせなかった。その通りになった。これだけ揺さぶっても、アシナにはまだ冷静な部分がある。手強い人だわ。……でも、予想通りに動いてくれた)

契約は成立した。

ここから先の茉莉花は、最強と呼ばれるバシュルク国の傭兵部隊の雇い主だ。

終章

皇帝『珀陽』の異母弟である冬虎は、封大虎という名前を使い、官吏の監査をする『御史台』というところで働いている。

御史台の仕事は、家同士の繋がりや官吏の派閥というものが邪魔になってしまう。したがって、面倒な関係に足をひっぱられない人——……大虎のような皇族や、皇族を後見人にもつ者が、御史台には多くいた。

つまり御史台は、皇族の関係者と知り合える場所でもある。人脈づくりをしろという意味をこめ、若くて有能な官吏を配属することもあった。

その若くて有能な官吏である苑翔景は、今日も御史台でその能力を発揮し、血も涙もない厳しい内容を記した報告書を提出している。

「翔景ってさ、根暗だけど本当に前向きだよね……」

大虎は、御史台にきても人脈づくりに興味を示さず、ただひたすら自分の能力を高めている翔景を投げやりに褒めた。

「お前が言う根暗とはなんだ？」

「人づきあいをしようとしないところかな」

翔景の問いに、友だちの多い大虎は迷わず答える。

「お前が言う前向きとはなんだ？」

「仕事をがんばるところや、友だちがいないことを気にしないところかな」

翔景はなるほどと頷いた。

「お前が言う根暗なうしろ向きの人間とは、どんなやつだ？」

「貴方を殺して私も死ぬって言い出すやつだよ〜」

「気持ち悪い人間だな」

「あのさぁ……！　根暗なうしろ向きだって、翔景だけにはそう言われたくないよ！」

翔景は、尊敬する人物の私物が古くなったり壊れたりすると、勝手によりよいものに買い替え、古い方をもらっていくという癖がある。これが気持ち悪い行為だと本人もわかっているけれど、法に触れないということもわかっているから、平然とやってしまう。本当にすごい。

「言っておくが、茉莉花さんとなら人づきあいというものをしている」

「茉莉花さんがいい人だから上手くいっているんだよ……」

わかってないなぁ、と大虎は嘆いた。

「翔景は茉莉花さんと出会えてよかったね。茉莉花さんの好敵手ってやつにはなれるんじゃない？」

親友どころか、友だちも無理だけれど、好敵手ならぎりぎり許されるかもしれない。

そんなことを考えた大虎に、翔景は首を横に振った。

「茉莉花さんの好敵手になれたと思える瞬間があっても、すぐ先に行かれてしまう。ずっと好敵手でいたいのなら、努力を積み重ねるしかない」

翔景は、真面目な顔でとても素晴らしいことをくちにしている。だから気持ち悪い部分がいつもあまり見えないんだなと、大虎は納得してしまった。

「問題は、茉莉花さんがわかりやすくいい人だということだ」

「いい人の方がいいよ」

大虎は、なんだか当たり前のことを二重に言ってしまった気がする。しかし、他にどう言えばいいのかわからなかった。

「お前は、私と茉莉花さん、どちらの方が話しかけやすい？」

「今はどっちも変わらないけれど、翔景をよく知らなかったときは圧倒的に茉莉花さん」

「その通りだ。茉莉花さんは親しみがあって近よりやすい。近くに行けば、茉莉花さんの親切のおかげで、茉莉花さんが見ているものを自分も見たつもりになってしまう。その勘違いはいずれ身を滅ぼす」

「……たまに翔景って頭いいんだろうなって思うよ」

大虎は、茉莉花の近くに行っても、茉莉花と同じものを見ることができないという自信がある。本人から見ているものについての解説をしてもらっても、それでも見えないだろう。勘違いをするためには、そもそも優秀でなければならない。

「其の才、花と共に発くを争うことなかれ……だ。そうでなければ、貴方を殺して私も死ぬと言い出す気持ち悪い人間になってしまうだろう」

そして、優秀すぎる翔景は、話をさっさと進めてしまう。

「自分の才能を、花……、茉莉花さんと競うように咲かせてはいけないってこと？」

競い合うことはいいことなのでは、と大虎は首をかしげた。

「競い合っているつもりで、競い合えていないからな。私は勘違いしてはいけないと自分に言い聞かせることができる。だからこそ、私こそが茉莉花さんと同じところで働き、切磋琢磨すべきだ。あわよくば一緒に吏部に配属されて、共に子星さんの教えを受けたい」

翔景の話の前半部分は謙虚に聞こえるけれど、後半部分はかなり図々しい。

大虎は「なんだかなぁ」と呟いた。翔景の話をぼんやりしたまま聞いていると、うっかり感動してしまいそうになる。

「茉莉花さん、元気にやってるかな」

大虎は、茉莉花の仕事を心配してやれるほどの能力がない。それは子星や翔景の役目だ。

自分は違うところを心配すべきである。

（寒くない？　きちんとおいしいものを食べてる？）

一緒にいれば茉莉花の心を明るくすることができたのに、と思ってしまった。

珀陽は、大虎に話したいことがあったので、大虎がよくいる場所に足を運んだ。すると、茉莉花の話をしている大虎と翔景の声が聞こえてくる。思わず立ち止まり、耳をすませた。

「……茉莉花にはいい友だちも、切磋琢磨できる同僚もいる。……よかった」

科挙試験後、茉莉花ならあのバシュルク国に潜入できるのではないか、と言い出す者が現れた。官吏らしくないおっとりとした外見であれば警戒されないかもしれないというのが理由で、能力を評価したものではなかったから、珀陽はその話をすぐに握りつぶした。

（バシュルク国の傭兵になりたいと言われたら嫌だったからね）

能力がありつつもそれを生かせない立場にある者にとって、完全に能力だけで評価されるバシュルク国は、理想の国である。

そこで茉莉花が学んだら……という不安がかつてはあったけれど、今は違う。茉莉花はもう白楼国の文官としての未来を受け入れている。

――君が帰ってくることを、今の私は信じられるんだ。

珀陽は冬の空を見上げ、そっと息を吐いた。

(雪が降らなくても、新年でなくても、私は君を想っているよ)

今の茉莉花なら、バシュルク国の考え方に染まることなく、あるがままを糧にすることができる。また一つ上の段階に行けるはずだ。

帰ってくるのが楽しみだと思いながら歩いていると、視界の端に可愛らしい顔立ちの少年がちらりと見えた。

——春雪だ。仕事中みたいだから、話しかけたら迷惑かな。

茉莉花の友人の春雪もまた、茉莉花が文官を続ける理由になってくれている一人だ。

珀陽が大事にしようと微笑んだら、春雪は不意に冬の空を見上げる。

「…………」

まさか、そんなことは。

珀陽は、おっとりとは正反対の性格なので、今ここでどうしても春雪に確認したくなってしまった。

「やぁ」

うしろから声をかければ、春雪は勢いよく振り返る。

「陛下……!?」

「ああ、挨拶はいいから。周りに人もいないし」

私と君の仲だしね、と笑顔を見せておく。逃げるなという意味であることは、春雪ならわかるだろう。

「今、空を見上げていたよね？」

「はい」

「どうして？」

珀陽が尋ねると、春雪はなぜか固まってしまった。

「あれ？」と珀陽が首をかしげれば、春雪はもっていた書簡をぎこちなく抱え直す。

「……ええっと、雨が降りそうだな、と」

「雨」

「そうです！　帰りに濡れたら嫌だと思っただけです！」

「つまり、茉莉花に関係のないことを考えていたと」

「はい！　茉莉花のことなんてちっとも考えていません！」

珀陽はよかったと微笑む。

空を見て、どうかわたしを想ってください——……と茉莉花から言われたのは、自分だけだった。

「それならいいんだ。仕事の邪魔をして悪かったね」

珀陽は、明らかに機嫌がいいという顔で歩き出す。浮かれていたので、残された春雪が

「なんか僕、あんたの事情に巻きこまれて命の危機だったんだけど……⁉」と小声で茉莉花を罵倒(ばとう)したことに気づけない。

「早く帰ってきてほしいけれど、それは潜入(せんにゅう)に失敗したということになるしね」

珀陽は、都合のいい展開なんてどこにもないなと思いながら再び空を見上げる。すると、近くの木の枝から烏が羽ばたいていった。

「烏(カラス)……」

烏は西に向かって飛び、ゆっくり小さくなっていく。

死肉を食べると言われているこの烏は、不吉(ふきつ)を呼ぶとも言われていた。

珀陽は迷信(めいしん)というものをあまり気にしないのだけれど、今だけはなぜか胸がざわつく。

「……どうか無理せず、無事でいてくれ」

愛(いと)しい人を心配する声は、ここからではどうやっても届かない。

皇帝という地位を手にしていても祈(いの)ることしかできなくて、もどかしかった。

終

あとがき

こんにちは、石田リンネです。この度は『茉莉花官吏伝十一　其の才、花と共に発くを争うことなかれ』をお手に取ってくださり、ありがとうございます。

バシュルク国編が始まりました。新天地での茉莉花は、悩み苦しみ、自分の限界を超えようとしています。新キャラクターと共に、次の巻も頑張る予定です！

コミカライズのお知らせです。秋田書店様の『月刊プリンセス』にて連載中の高瀬わか先生によるコミカライズ版『茉莉花官吏伝　～後宮女官、気まぐれ皇帝に見初められ～』1～4巻が絶賛発売中です。素敵なコミカライズもよろしくお願いします！

新作のお知らせです。富士見L文庫様より『女王オフィーリアよ、己の死の謎を解け』という王宮ミステリーが同日発売になります。殺された女王が十日間だけ生き返り、自分を殺した犯人を探すという物語を、茉莉花官吏伝と共にお楽しみ頂けると嬉しいです。

最後に、ご指導くださった担当様、可愛い新衣装の茉莉花を描いてくださったIzumi先生（珀陽にも見せてあげたいです……！）、当作品に関わってくださった多くの皆様、手紙やメール、ツイッター等で温かいお言葉をかけてくださった読者の皆様、本当にありがとうございます。これからもよろしくお願いします。

石田リンネ

■ご意見、ご感想をお寄せください。
《ファンレターの宛先》
〒102-8177 東京都千代田区富士見 2-13-3
株式会社KADOKAWA ビーズログ文庫編集部
石田リンネ 先生・Izumi 先生

●お問い合わせ
https://www.kadokawa.co.jp/（「お問い合わせ」へお進みください）
※内容によっては、お答えできない場合があります。
※サポートは日本国内のみとさせていただきます。
※Japanese text only

茉莉花官吏伝 十一

其の才、花と共に発くを争うことなかれ

石田リンネ

2021年11月15日 初版発行
2022年10月25日 3版発行

発行者　青柳昌行
発行　株式会社 KADOKAWA
〒102-8177 東京都千代田区富士見 2-13-3
（ナビダイヤル）0570-002-301
デザイン　島田絵里子
印刷所　株式会社KADOKAWA
製本所　株式会社KADOKAWA

ISBN978-4-04-736842-2 C0193

定価はカバーに表示してあります。
◆◇◇

女王オフィーリアよ、己の死の謎を解け

著／石田リンネ　イラスト／ごもさわ

私を殺したのは誰!? 女王は十日間だけ生き返り、自分を殺した犯人を探す

「私は、私を殺した犯人を知りたい」死の間際、薄れゆく意識の中でオフィーリアはそう願う。すると、妖精王リアは十日間だけオフィーリアを生き返らせてくれた。女王は己を殺した犯人を探し始める――王宮ミステリー開幕！